하늘에 가신
나의 사랑하는 어머니,
부디 눈을 뜨시고
이 시를 보시오소서!

이병용 7번째 시집

시간을 곱하고 시를 나누라

상운(祥雲) 이병용(李炳龍)

약력사항
1963년 부산 출생
문학박사, 시인, 문학평론가, 환경활동가
중앙대학교 대학원 영문학 전공(문학 석사)
연세대 교육대학원 영어교육 전공(교육학 석사)
연세대학교 비교문학협동과정 박사과정(영문학 전공) 수료
중앙대학교 문예창작학과 박사과정(문학이론 전공) 수료
서울 배명고, 문영여고, 영동여고 영어 및 상담교사 역임
중앙대 및 한남대 문예창작학과 대학 및 대학원 강사 역임
한남대 아동영어학과 대학 및 대학원 강사 역임
현재 부산외대 영어대학 및 비교문학과 출강
환경정의 연구위원 역임
한국시조시인협회 사무국장 역임
『서울교육』, 『우리와 다음』, 『아동문학연구』, 『제3의 문학』등 편집위원(장)
역임
『오늘의문학』(시), 『교단문학』(평론), 『시조문학』(시조), 『시조시학』(시조),
『월간문학』(청소년시), 『자유문학』(청소년시조), 『창조문학』(동시), 『아동
문예』(동시), 『아동문학연구』(아동문학평론) 신인작품상 수상
제4회 인터넷문학상(아동문학가부문) 수상
제6회 정운엽시조문학상 수상

주요논저
· 저서
『비교문학연구』, 『옛이야기를 활용한 그림책 콘텐츠』, 『Best Loved Nursery
Rhymes: To Sing or Say』 외 다수
· 창작집
동시집 : 『참빛깔소리』(세계문예)
청소년시집 : 『하얀 꽃봉오리 초록나라』(월간문학출판부)
시집 : 『숨은 자의 저녁놀』(제3의 문학), 『녹색산조』(시문학사)
청소년시조집 : 『소리말꽃』(시문학사)
시조집 : 『인류독감』(고요아침), 『시간을 곱하고 시를 나누라』(새미), 『시조
뿌리의 높은 하늘』(근간)

E-mail: bytrue@chollian.net

이병용 7번째 시집

시간을 곱하고 시를 나누라

새미

『시간을 곱하고 시를 나누라』는 부끄럽지만 나의 최근의 일상을 보여주는 7번째 시집이다. 이 시집을 내기까지의 과정이 그리 순탄하지만은 않았다. 우선 박사학위를 끝내야 했고, 그 다음으로는 장거리의 강의를 다니느라 정착된 시공간을 확보하기가 쉽지 않았다. 다만 불혹의 나이라 이제 결코 짧다고 말할 수 없는 나의 삶에서 아마도 가장 변화무쌍했던 일상을 성찰하는데 있어서 이번의 시작詩作이 큰 도움이 된 것을 부인할 수 없다.

주중 가장 많은 시간을 기차 혹은 고속버스와 같은 먼 거리 교통수단에 할애하면서 새삼스레 존재의 변환에 관한 소망과 번뇌에 매달렸다. 그러면서 나의 시공간 이동은 몸이 아니라 자연스럽게 영혼의 치유로 귀착하게 되었다. 물론 나에게도 육체란 감각을 통한 공통감각의 분리를 경험하게 하는 중요한 매개의 역할을 수행하지만, 그 궁극의 지향은 언제나 영혼의 현현으로 구상화되는 것이었다. 즉, 인생의 의의로 지상의 척도만이 아닌 선험적 경계의 확장을 진정으로 이룩하는 순간이었다.

시란 어떤 의미에서 시간을 주관적으로 담고, 객관적으로 독자와 나누는 것이다. 그것은 사람들 사이에서 그물과 같은

'상상적 관계'의 양상을 보여주는 것이다. 이 경우에 시는 언어의 몸체를 빌리므로 말과 글에 의한 '소통'의 맥락을 중시하지 않을 수 없다. 다시 말해 인간은 언어의 동물이기에 언술행위야말로 인간의 존재성을 여실하게 드러낸다고 말할 수 있는 것이다. 오늘날과 같은 다매체 환경에서 존재의 만남과 소통을 위한 수단이 실로 다양하기 그지없다. 그런데도 불구하고 시는 나에게 유독 생애를 구축하는 필생의 방편이요, 그 결과로 남는 흔적이다.

나는 시공간의 미로에서 아직 탈출구를 찾지 못한 것 같다. 하여 나의 발품이 가장 잦은 곳에서 일상이 반복되는 타성을 여전히 경험하고 있다. 무언가 뿌리를 내린 것만 같은 이러한 고질적인 현실은 지금까지 이어져온 과거와 앞으로 뿌리쳐야 할 미래의 동선이 교차해나가면서 궁극적으로 나의 실상으로 자리 잡게 될 것이다. 그러므로 나는 영과 육의 갈등에서 통합으로 합일하는 영원한 비상을 언제나 꿈꾸는지도 모른다.

소의 해, 십우도의 그림 속으로 들어가 소의 행적을 더듬어보는데 이 한 권의 시집이 징검다리였으면 한다. 이 책의 부록에는 그동안 우보牛步의 발자취를 살펴보았던 정형시에 관한 필자의 평론 5편을 뽑아 함께 실었다. 그리고 무엇보다도 강단에서 대화를 통하여 나의 지킴이가 되어준 나의 벗(학생)들에게 사랑과 고마움의 마음을 전하고 싶다.

2009年 1月 15日
蠶室 여울목에서 祥雲 이병용

■ **차례**

시인의 말

제1부
하늘의 눈

얼음장미

각혈한 붉은 피 겨울바람에 날려보내고
눈물 뭉친 봉오리 가장자리 벌어진다

꽃향기 코 얼려서
상풍증傷風症에 걸렸다

흉중에 얼은 비밀 새순을 내놓으나
입술 스친 말소리 물방울로 녹았다

톡
톡
톡

떨어진 꽃잎엔
부서질게 없었다

동치미

울 누나
나란히 드러난
희디흰 종아리 같아
통무는
통통한 살 짠물로 절어서
바다에
물고기 돌아다니는
고달픔을 잊는다

울 엄마
팔뚝 같아
바지런히 움직여
모진 한겨울
추운 바람 떨쳐내고 익어서
항아리
가슴에 고동치며
시원하게 맛든다

호롱불

배배 꼬인 장기臟器 심지로
내어 뱉는 오랜 악취

몸부림치는 불길이
영혼을 일으켜 세워

세월을 먹어댈수록
어둔 밤만 돌아온다

저 수직의 까만 절벽을
헐어보려 서 있어도

썩을 육신 어림없어
제 자 리 높 이 뛰 기

눈 밝아 깜빡이면서
어둔 곳만 노려본다

* 시작노트 - 쓰러진 심지의 불이 일으켜 세우지 못한 병든 육신을 불
    싸질렀다. 몸부림치는 불길이 영혼을 일으켜 세워 저 높은 곳을 알
    것도 같다. 하여 호롱불은 나의 영육의 갈등을 대변한다.

술병

잔술로 부어서 흐르듯 넘기더니
'속 비운' 술병이 흩어져 널려있다

빈 병은
눈에 나 돌리더니
텅 빈 자리 채웠다

뱃속으로 들어가 쓴맛에 절어서
얼얼얼 취하고 동동동 춤춘다

사람만
꽉 찬 병 되어

출
렁
대
며

구른다

꽃 마음

비바람 사이 좋아
새 우는 철이 오면

벌, 나비
날던 모습으로
나뭇잎
하나
더 달아

햇살을
눈부시게 담지만
떨어져서
땅
울렸지

별천지 펼쳐져서
꽃밭이
그립지만

향 끌던 미풍과
색칠한 풍경이

씨앗을
맺지 않아도
풍족한
맘
거두지

봄노래

언 강이 풀려서 얼음덩어리 떠내려가도
느려진 바람으로 쫓아간들 붙들 수 없다
뱃길로 오가는 정분 노를 저어 잇는다

결빙^{結氷}이 녹은 물은
속이 보여 따뜻한데……

바람이 잦은 수면^{水面}
초록 잠에 산들 들면

사람도
물먹은 얼굴로
느릿하게
피어난다

풍치목^{風致木}

탁류에 떠내려가는 수양버들 건져내어
강둑에 심었더니 뿌리가 내렸다
나무는 물을 빨아서 가는 가지 늘어졌다

가뭄에 목말라도 뿌리는 깊어만 갔고
장마 져 몸 무거워도 밑동이 굳건하여
겨울이 오지 않으면 나뭇잎을 흔들었다

눈이 큰 어치들이 물 밖으로 튀어 올라
새들이 날개 펼쳐 달려들어 먹이 잡아도
노란 꽃 제철 알아서 꽃가루를 날렸다

긴 잎 그림자 떠 간지럼 태웠는지
수줍다고 말이 없던 강 물결 일렁였고
바람도 풀피리 소리로 저녁놀을 달궜다

뻐꾸기 울음

뻐꾹새 본성이 짝지으며 깨어나서
고왔던 목소리로 제짝을 부른다
그렇게
못 이루는 밤
신세타령
하는가?

어미를 찾고픈가? 제짝이 그리운가?
제 몸이 아픈가? 새끼를 낳고픈가?
계곡을
찾아다니며
구슬프게
우니라

봄날에 앞바람 붙잡고 수다 떨다
늘어진 하늘 코 그림자 붙들고
둥지 속
빈자리 찾아
하룻밤
널었다

아기 새 눈뜨고 어미 깨워 짖어대며
나뭇잎 날수를 젖히고 자라났다
구름에
가려진 달빛
색을 잃고
멈췄다

하늘의 눈

태양이 내려와 반쯤 감은 눈으로 졸아서
먼 산 끝의 굵은 선 먹물이 말라버린다

하늘은

표정 없어서

기러기가

날아간다

인생의 리허설

사랑의 리허설은 감미롭게 들리지만
인생의 NG모음 돌아보면 눈물난다

단 한 번
쓰여지기 위해
모든 것을
쏟았다

타인의 실수에 쓴웃음 남발하고
자신의 곤경에 재도전 불사한다

실패는
성공 모르는
달음질로
달렸다

제2부

샛별나팔수

꽃잎 눈물

색과
향이
시든
꽃잎

떨
어
져
서

눈물 머금고

바스락거리는 바람에
울음보 터져 멀어진다

봉오리
꽃씨 맺으면
어진 감각
살
아
날
까
?

어미사랑

자식 바라보는 마음이
탯줄의 교신인지

장벽에 아랑곳 않는
모신^{母神}의 강신^{降神}들림

딸아들
화음 고르는
불립문자
모정^{母情}
나
눈
다

Stargirl

세상에 ★년 다 있다
방송에 Stargirl 나온다

별 총총 밤하늘에
찾을 수 없는

☆소녀

스타걸
유령 얼굴에
★놈들이

다

꼬
인
다

풍류風流

잎새 하나로 햇볕 가린 광음光陰
가지 벌리는 그지없는 분별

움도 싹도
햇빛덩어리

별도 새도
오색그림자

뿌리는
둥치 만들어
열매 열고
씨알 맺고,

봄바람 몰아 여름구름 모으는
하늘 향하는 무궁한 영혼

시침 나이는
금촉세월

초도 분도

우주영검

달력은
일월 만들고
화조풍월^{花鳥風月}
놀려먹지

일출

밤하늘에
어둠 뜯는 뭇별
풀어놓은
별밤지기

별 모아
옮겨가려고
새벽나팔
불어댄다

한 무리
물러간 빛을
쫓아가는
아
침
해

영육^{靈肉}

예리한 칼로 도려내는
곪은 몸 상처는 아문다

이어진 겹 마디로
소생하는 인생세포

생식은
죽음 넘나들며
무력폭력
이겨낸다

검은 붓 한 번 스쳐 지난
묵은 종이 널브러져 있다

혼과 혼
접신 들려
이성 무너뜨리는
자아의 고뇌

향심은
시공을 열고

번뇌다발
털어댄다

샛별나팔수

적색의 향 그을어가는
노을을 모는
샛별나팔수

밤하늘에
은빛가루 불어서
별공기는
빛소리

서풍에
하늘 소란하여도
월광 불러
고요하더니,

홍색 고동 울렁이는
수평선의 너울 보고

어둠 불러
잠재워서
참빛 터져
솟아나는 태양

밤새운
지친 몸으로
샛별나팔 접고
돌아간다

적 고슴도치 : 싸움에 부침

적이 오면
모순투성이 이성이
저항해서

십자가 앞에
밤송이 몸은
방패로
웅크려든다

주 예수 성혈^{聖血} 낭자한
구속^{救贖}의 수난 거룩하다

보이는 적은
두렵지 않기에
몸가축 고치고
마주 대한다

투쟁하는 육신
　　　　벌하고
평화로운 영혼
　　　　구하여

인자는 사랑 내려놓고
승천하여 영원하다

밥 한 그릇

대형마트 공짜미끼에
앞 다투는 아낙들

이것저것 골라들고
기쁜 표정 짓지만

매장에
주고받는 돈
가난 구제
어렵다

재래시장 길모퉁이
꾀죄죄한 할머니

때로 검고
타서 붉은
주름 얼굴
뿌리박아도

때 걸러
멋쩍은 웃음

밥 한 그릇
성스럽다

돼지 저금통

막힌 입 축내지 않아
살 오른 통통한 돼지

돈 숨겨 먹으며
내색 않고
긴 세월
속만 채우더니

배 갈라
육질 따져보니
비계 없는
돈
이
다

제3부

버드나무 하소연

지렁이 수난

지상에 낮게 거하는 자
몸 기어 밟히는 자

흙 먹어 살 오르고
짝 없이 새끼 놓고

거친 땅
맨살로 비벼

세
상
인
심

껴안는 자

언덕의 집

초록 언덕에
나란히 핀 집

빨간 지붕은
사철 지지 않는 꽃

노란 굴뚝
삐져나온 수술에서

은빛 꽃가루
별 하나 부른다

유리창
이슬 닮은 얼굴

한 가족이
웃는다

사랑의 심장

칠흑 같은 어두운 밤
맥을 놓고 숨죽이다

염정의 선혈 낭자한 빛이
고이고이 흐르는 곳에는

하늘빛
세상을 담는
태양박동
힘
차
다

생물남녀

1. 수술남자

계절의 시작은
꽃가루 날리는 것이다

은하수로 숨어드는
줄 선 여행 끝이 없다

태양에
내려앉은 분진
빛을 타고
스러진다

2. 암술여자

겨울의 끝에
바람이 삭는다

절로 맛이 든
음식을 내놓고도

다정^{多情}이

얽힌 옷감을

다시

풀어

새

롭

다

앵무새 조롱

아름다워야 할
　새의 울음이
　　일상의
　　말소리다

고르지 않아도
천상의 음색이라
절로 즐거워
화답^{和答}하나

한 소리
따라하여도
알 듯
모를 듯
　　생
　　　뚱
　　　　맞
　　　　　다

심우尋牛

1. 투우鬪牛

돌봐주기를 원하는 소
투우사 들이 박는다

검은 소
붉은 천 휘어 감고
쓰러진 곳

참자아
알지 못하는

허
수
아
비

환호한다

2. 목우牧牛

자기 안의 소 찾아내고
마음 살펴 몸 고친다

되새김질하는 소가
고삐 잡지 않은 사람
절로 따르며
길 떠난다

발자국
흔적 찾으니

강도
산도

가
깝
다

버드나무 하소연

봄바람 따라가려다

손 놓친 아쉬움이

여름 내내 늘어져서

미풍에도 속살댄다

하소연

입을 모으면

버
들
피
리

합창이다

촛불시위

성난 촛불이
촛대 무너뜨리고
도리도리
고개 젓는다

이 작은 영혼의 심지
한 번에 꺼뜨리면

암흑이
촛농에 굳어

화
려
강
산

죽는다

잠깬 아기가
엄마 품 떠나서
도리도리

재롱 핀다

이 소중한 사람의 아이
웃음으로 꽃피우는 사랑

도리질
상황 바꾸어

홍
익
인
간

큰 뜻 세우자

일본도

박물관에서 본
날카로운 일본도가
칼집 없다

광기어린 날이 서서
부풀어 오른 일본성기

칼부림
멋대로 하여
베어진 목숨
수도 없다

제 나라에서 품지 못해
남의 국토 쑤셔 박고

짝 아닌 흉물이라
물고내어 버리더니

망언은
지하의 혼을
지상으로 부른다.

산 그림자

해 넘긴 장산^{長山}은
산 그림자 만들고

산 넘은 나는
그림자에 잡혔다

술래로
남겨진 빈터에

둥지
치고

알
꿈
꾼
다

제4부

파랑 무지개

만월^{滿月}

둥글어
굴러다니는
보름달 낮빛 보니

작은 별
무수한 기억에
청빛어둠 사라진다

뜻 모를
사랑 밝음이
나를 씻어주어
가
볍
다

심장의
장단소리로
흥이 돋는 발길이지만

몸치로
갈 지^之자 되어

어긋난 꿈 키우기에

기도로
하늘 바라보는
회심소리
끓
는
다

꽃 잊은 사람

먼
산
핀
꽃

나는 산타고
바람 따라
향香을 쫓고

구름 그늘에
빛 잃은 잎이
낯빛 감추어
숨바꼭질 하루

꽃 잊고
산 넘는 사람
돌아보아

메
아
리
다

파랑 무지개

무지 무지 파랑 퍼져
먹색 표정 고쳐짓고

하늘 넘는
칠색ㄷ色 헛발로
밟아서 짠
햇살 터져서

칠월의
소낙비로 씻은 날은
푸르도록
맑
았
다

청년의 뜰

언덕에 초막집 짓고
그늘 베고 누웠던 남쪽 고향은
비바람 닳아진 세월 속에
몸서리나게 초라했지만

허공에
밤안개로 가려진
북극성을
찾
았
기
에

소망은 영원토록
지워지지 않는 샛별

아름다운 청춘이여,
아름다운 사랑이여,

환각이
은하수로 흩뿌려지는

운명만은
제
자
리
다

숨어 피는 꽃

해바라기
고개 숙여
돌아누운
달그림자

꽃담이
길 돌아
마당도
그리 뻗고

한뎃잠
눈 붙이는 곳
꽃 한 송이
숨
쉰
다

물 위에 뜬 달

우물에 갇힌 달
한여름 밤새 허우적댄다

울 안 모퉁이 비오동나무 그늘에서
온 몸 달아 달 그리더니

초상화
낯빛에 어린
은빛 고뇌
둥지 튼다

호수에 떨어진 달
물면에 미끄러지면

호반 발소리 물길 갈라서
파랑이며 동행하여

수평선
원으로 긋는
가시선에
달이 핀다

거미집

몸 던져
참빛내어
얽혀 모인
거미별

저마다
말려든 타래
끊어보려
애쓰지만

어둠에
남겨진 별자리
하늘 위의
집
이
다

유성流星의 귀환

천사의 환상을
수놓았던
벽공碧空의
용천龍泉 방울이

유성으로 멀리 튀어
내개로 떨어졌다아~

별똥이
불 탄 자리 밟고
목을 뽑고
하늘 바라본다

용비龍飛의 비늘처럼
금방울은방울 반짝여도

용 눈을
뜨지 못한
천상의
늦은 잠자리

아뿔사!
내가 뜬 눈으로
하늘 용이
깨어났다아 ~

산봉우리 산나무

1. 산나무

산 품에 소복 안기어
엄마 산의 젖을 빨며

둥근 해
변하는 달
조석^{朝夕}으로
삼키면서

산나무
산 절벽 구름을
제 벗으로
알
았
다

2. 산봉우리

봉우리 닳아진 끝에

마지막 젖을 떼고

모진 정상
사람 불러들여
시야^{視野}를
터놓더니

산봉^{山峰}은
안개 불러서
산나무를
업
는
다

우주비행

달이 다니는 곳으로
우주선이 날아간다

사지四肢가
행성 되어
우주로
떠다닌다

블랙홀
음모 빨아들이는
열락悅樂문이
열
린
다

제5부

조그만 꿈

마른장마

비 오지 않는 장마로
쾌청한 햇살 맞는다

빗물 고이면
거울처럼 투영되던
그림자도

맨땅에
뭉개져버려
형체 없는 덩어리다

반죽 풀어
선과 색 고쳐보는
장맛비

빗줄기 덧칠하여
완성 되어가는 수채화

무지개,
그 희망 그릴 수 없는
여름무상

지
루
하
다

조그만 꿈

작은 풀
바위 틈새에
뿌리
내리는
믿음 꿈

작은 벌레
나무 틈새에
집
짓는
소망 꿈

사람 틈
작은아이들
세상
여는
사랑 꿈

재롱둥이 복숭아

돌 맞은 아기선녀 발그레한 복숭아뺨
어른 큰손 받들어도 두어 번은 뿌리치고

고 작은
꼭 다문 입술
시무룩해
어여쁘다

아장아장 걸음 떼어 비틀비틀 걸어가다
문지방도 넘지 못하고 엎어져서 울고 있다

호 불어
어루만지는
복숭아뼈
부풀었다

손녀의 복숭아엉덩이 껴안은 할머니가
몰랑몰랑 만져보면 몰라몰라 우는 통에

복슬개
보듬어주듯

달래가며
웃는다

속사람

속이 달고 부드러우나
꽉 찬 씨알로
싹 튼 사람

모진 비바람에도
여린 손으로
온생명 받들며

꽃사람
뿌리로 섬겨
낮아져서
웅
숭
깊
다

산정무한^{山情無限}

자기를 짊어지고 태산을 오르는 자
사람은 산인데 산중에 자기가 없다

숲길에
널브러진 마음
모아보니
공^空이다

산정^{山情}의 그림자는 수묵^{水墨}도 비껴난다
초목은 색 바뀌고 조수가 울어대니

발자취
예서 멈춘들
가던 길이
끊어질까?

볼거리

뷰티숍 유리창으로
viewty가 판친다

미^美를 가다듬던 손에
쩐이 전해지자

미인은
본(born)티에서
부(rich)티로

변
신
하
여

뷰티풀하다

손편지

가느다란 황금 펜촉의
샘솟는 잉크 내려앉아 있다

종이씨앗 하늘 던져
아슴푸레 뿌리박힌다

손거울
깨진 환영 보듯
싹트지 않는

흩
어
진

문장

백발의 자기환상

밀가루 덮어쓴 것 같은
흰 백발
날 울린다

세월의 풍진風塵 마빡에 쌓여
붉은 피가 돌지 않는다

흑표범
돌아다니는 밤
머리 감고
잠든다

흰 턱수염, 흰 콧수염, 흰 눈썹,
희이인 공포……

첫 눈이 오던 그 날마다
사랑은 새롭지만

흰 표범
반환점 돌아
결승선을
끊고 있다

천상의 만리장성

한 처음에 어둠의 권세 천지창조 거슬렀다
혼돈을 몰아낸 자리 은하수성벽 세워지고

별천사
밝은 날개 펴고
빛의 영혼
지
켰
다

밤의 영혼
하늘 그 높은 곳에서
우리의 이 헛된 욕망 보며
세력 모아도

**"전능하신 하나님은
그 지으신 만물과
그들이 하는 일을
한꺼번에 보신다"**

주의 눈

만물 투시하여
찰나의 허
막
는
다

여행자의 골목길

한껏

먼

길

옷깃에
스쳐지나가다

꿈의 실 풀어 놓은 듯
아이들이 곰실대는

일상의
좁다란 터널

들
어
서
면

막힌다

제6부

태양의 정원

태양의 정원

1. 꽃

햇빛 불꽃 타 들어갈수록
구름 냄새 숨 막더니

발 끝에
색꽃 번진 땅
무지개를
피운다

아련한
아지랑이 실바람
머리칼을
묶는다

2. 그림자

그림자는
꽃 피면서
옷 입어

날개를 달고

꽃 지면서
벗어버린 알몸
땅 속으로
얼른 감춘다

꽃보다
수줍어하자
해가
가서
달
랜
다

3. 낙화

고개 떨구어
 돌아서는
맘이야

모를까만

차마
돌이키지 못하고
멀어지는
안타까움

하
　늘
　　　아
날
　불러
　　　주어
가던
걸음
멈
추
어
다
오

하얀 달

먹구름이
눈을 불러
굴러
뭉친
눈덩어리

바람이 옮겨놓고
태양이 녹게 하여

간밤에
눈 감겨놓은
외눈박이
그믐달

짝별들이
놀려대어
놀란
눈을
크게 뜨고

산 넘어 바다 보자

얼굴 한 번 비춰보니

동그란
어여쁜 눈동자
눈물 담은
보름달

물새의 영혼

하얀 물에 떠 있는 건
가는 목이 가벼워설까?

맑은 호수 작아도
젖은 발 쉴 수 없어

육신이 고달프대도

뜨는
몸은

바 르 다

찬 물 위를 난다는 건
마음이 자유로워설까?

빈 하늘 넓어서
편 날개 접지 않아

영혼이 고독하여도

꾸는
꿈은

끝 없 다

나무시계

뿌리바늘은
물 빨며
새순 내어놓을
하루 준비하고

가지바늘은
공기 마시며
창공으로 뻗어
새 부른다

꽃
과
실

벌나비 모아서
토닥이며

분
주
하
다

강호 ^{江湖}

호수와 천^川은 하나의 몸
팔다리 맑은 물로 고동친다

체중 늘어 범람해도
참삶은 고여 있는 법

사지가
부풀어 올라
진흙탕물
쏟아낸다

영혼의 투명을 위하여
발소리 내어 흘러가며

고달픈 여행 푸른 여독을
빗살 너울로 풀어낸다

고통이
흔적을 남긴
방랑길이
무성하다

한 송이 꽃

꽃 한 송이에
날아든 나비
나폴
나폴
날갯짓에

꽃은
햇빛 모아
자색^{紫色}으로
화장하여

꽃나비
군무 추며
바람만을
쫓더니,

꽃 무더기에
뛰어든 나비
끈적
끈적
헛발질에

꽃들은
거미 불러서
고운 줄로
유혹하여

꽃거미
온몸 삼키는
욕망 덫을
놓더라

신노아방주

말 모르는 짐승에게 아픔은 죽음일 뿐
인간은 제멋대로 자연을 다루다가

상처로
어쩌지 못하는
희생물을
낳는다

동물병원에서 만난 망가진 동물들은
인간의 행동을 끝내 돌려받지 못한다

우주의
생명 신호는
살핌으로
소통한다

야생의 동물들이 꿈속에 울어 노닌다
인간문명 치유해야 동물들이 해방된다

구명선
신노아방주에는

인간만이
아우성이다

새봄

꽃씨는
떨어져서
자세를
오그린다

한없이 높아진
가지 끝으로
태양이
걸리면

새싹이
바람 헤치고
눈을
뜨고
웃
는
다

산비둘기

숲 속에
조그만 비둘기
어여쁜 날개 펴고

파란 하늘
흰 구름
초록 나무 그늘 찾아서

구구구
노래 부르는
산책구경
나왔다

먼 산에
홀로 남은
어머니가 궁금해서

장시간
실개울에
그림자 비춰보다

지상의
두 발을 딛고
해를 따라
쫓아갔다

탑돌이

아픔이
탑신 되기까지

탑돌이
쉬지 않으리라

달은
휘어지는데

걸음만
지척대다

발자국
포개지는 이 밤

남기고픈 소망
빌어보리라

제7부

푸른 물굽이의 맥박소리

푸른 물굽이의 맥박소리

높푸른 물굽이가 달려오는
맥박소리~

빠르지만
숨 고르지 않고
하고픈 말
내뱉는다

너울이
가없이 이어져서
듣는 말이
찐득한데,

초록동색 딩굴어 돌아다니며
차르르르~

포말이
나뜨며
하얗게하얗게
색 지운다

말대답
대꾸하려던
엉킨 마음
풀어진다

향심기도

밤새 기도하는데
어둠 속에 섬광 일더니

진리 쫓되
허망 잊어라

햇빛 속에
촛불 들지 말고

어둠 속
고난 헤치며
험난한 길
밝히라

감사와 찬양의
여명을 모아서

자리를 보듬고
그림자 주웠다

하나님

모습 감추신

빛을 보고

할

레

루

야

항구

항구는
바다 위에
떠 있는
불꽃이다

선박도
부두도
사람도
타들어가

저녁엔
불똥을 튀며
깊은 어둠
빨
아
들
인
다

수의

보일락
말락
터진
옷 속에

피다 만,
다 피어
시든
죽음의 꽃

육신이
그림자 놓아
주름
풀고
떠
난
다

억새

바람 없어도
아파
흔들리는
억새가 있다

꽉 잡힌 허상들로
숨 쉴 수 없어서

낙엽이
모두 떨어진
빈 달밤에
떨었다

내 영혼 가두어서
움직일
공간 없고

내 사지 뻗어나갈
시간이
가물었다

발자국
끊어져 내린
억새뿌리
얼더듬었다

희소식

소식 두절되어
어쩌다
연락하면
그 풍신風信
나쁠 리 없다

소식이
깡통이면
무소식
희소식이다

여생을
기별 기다리며
안심하며
지
내
보
리
라

오랜 침묵 후에

말없는 미동微動의 순간들
허심虛心의 말 껍질 쌓이면서
높아진 벽들 사이로
미로가 끝이 없다

형체만 오랜 시간 후로
무디도록 변한다

한 많은
머물려진 걸음을
질척거리며

길 따라 돌아
먼 시간
그 끝에 다다르자

새 세상
마음을 보며
통각 속에
깨
어
난
다

우주심^{宇宙心}

바람이
일으켜 세우는
나무머리칼 휘날리고

물고기 자맥질
팔딱여서
호수심장은 울렁출렁

햇살은
구름 땀 말리며
그림자를
떨군다

밤하늘
아기 달님
은하수강물 첨벙대자

산에 들에
얼굴 내민
꽃바람개비 돌리는

웃음은
나의 우주심
거뜬하게
나뜬다

초상화

그림 속의 내가
나를 보고 웃는다

엷은 미소 짙어지며
지난 과거 스친다

화석이
부서지면서
먼지가
날
아
다
닌
다

노란 꽃이 어둠에 떠 있다

석촌 호숫가에
노란 꽃이
줄지어
웃는다

물에 발을
씻으며
어둠을
밀어내고 있다

나보다
하늘 가까운
외로움을
벗
는
다

제8부

전선 위의 별음표

전선 위의 별음표

전선은 전봇대에 줄지어 뻗어 있다
밤 되어 별들이 하나, 둘 걸려들면서

전신줄
메어 달린 음표들이
선율 타고
흐
른
다

뭇별의 숫자로 화음은 충만했으며
전선의 길이로 곡 이어 날밤 새운다

천의 별
음(音)을 바꾸어
소리바다
채
운
다

관세음보살의 미소 : 꿈에서 얻은 이야기

옛날에 끝없는 전쟁으로 두 나라가 피폐해갔다
평화협정 이루어져 군사들이 돌아가는데

아낙이
부군 잃은 슬픔으로
그들에게
돌 던졌다

한 장수가 분연히 일어나 적진으로 돌진했다
여장이 적진에서 홀로 나와 맞선다

무수한
칼부림 비기고
물러나는 적
따라가는데,

달빛이 적셔놓은 숲길에 미끄러져서
하뿔싸 덫에 걸려 옴짝달싹 할 수 없다

여전히
가슴 가까이

미소 짓는
그 여장

그녀를 가리켜 한마디 말 청하는데
무언에 보살처럼 미소를 머금는다

세상의
평화 바라는
관음보살
이런가?

미망에 문득 깨어 전장을 돌아눕고
보는 세상 큰 눈 뜨고, 듣는 세상 큰 귀 열어

여래좌
고행을 품는
금빛 묵언
정진했단다

돌팔매

예수의 말씀은
돌팔매가 아니다

몰려든 군중의 돌
떨어져서 발에 차인다

진실은
양심 되돌려
죄짓는 돌
물린다

돌매 맞던 연약한 인간
죄사함 받았을까?

십자가에 못 박혀
대속하신 주님의 보혈

부활로
생명 되찾아
용서하며
치유한다

돌 던지며 죄짓던 무리
돌 하나 더 들었을까?

자신의 죄 부인하고
숨기는 용서받지 못할 죄

언행은
기도로 남는 것
참회하여
의인되자

사람의 말

한 사람 진실보다
다수의 말이 우선한다

부서지는 몸 앞에
요행은 부질없다

허공이
장막을 쳐서
앞이 막혀
눈먼다

사람의 말에 실려가다
끝내 머문 응달에서

한시라도 구름 낀 볕뉘
쬐려고 쭈그리다가

말속에
필요치 않은
사람만을
버렸다

사공이 노를 놓고
바람을 기다리면

샘솟는 맑은 성정
메아리쳐 돌아온다

행위는
반성 담아서
길을 내고
떠난다

잔잔한

호수 위에
이는 파랑
어찌 저리도
잔잔할까?

치어들이
제 놀던 물에서
맘 놓고
헤엄친다

세상의
파란만장한
숨 쉬고도
고
요
하
다

아! 광화문

전깃불 나가면 불 밝혀
한 가족 얼굴부터 확인했던
옛날의 그리운 촛불이
광화문으로 나왔다
행렬이
큰길로 샛길로
소리치며
쏟아져나왔다

손에 든 촛불 하나가
하나의 얼굴 되어
지금의 광화문은
만인표정 짓는다
온몸이
하나의 역사로
진실의 패
가릴 것이다

민족의 큰 덕이
온 나라 비춰야 할
이 국토에

산으로 모인 촛불
바다와 같은 지도자 찾는다
해태 뿔
싸우는 자 맞서
아! 평화를
지키리라

살인^{殺人}의 도^道

1. 자살테러

최악의 폭력은
생명을 해하는 것

자신을 죽이고도
미련이 남았나보다

살생부
저승사자 넘겨주어
혼백일랑
편안
하
소
서

2. 살신성인^{殺身成仁}

몸 닦는 방편으로
욕망을 다스린다

자기집착 벗어나면
마음이 자라난다

이타행
사람을 불러
환생하여
빛
난
다

자가 독서

1. 도서관에서

서가에서
책 뽑으면
나뭇가지 잎 속의
새가 된다

잎새소리 귀 스치면
글눈 떠져 읊조린다

나무속
둥지 있듯이
도서관에 앉아
웅지
품고
있다

2. 서재에서

책 한 권으로 잎 내어

나무가 된 집에서

성현의 말씀
별나비로 맞고
시인의 목소리
새소리로 듣는다

지혜가
단풍 물드는
청산의 꿈
깊디
깊다

떠다니는 섬

떠다니는 섬에 가서

섬마
섬마

돌아다니며

바다보다 높은 생각
파도에 씻은 몸으로

잠들어
섬 그늘 바다 잊고

하늘달빛

뿌
린
다

하늘빨래

펄렁~
팔랑~
휘적대는 소리에
고 아이
하늘 보러 나왔다

바람 베고 누운 빨래
중심 잃어 나부낀다

그림자
허위적거려도
꾸는 꿈은
하야말쑥하다

온가족
빨래감
땟국 벗었기에

햇빛으로 말려진
부끄러운 자화상

날개옷
하늘구름 풀어
풍진세상
빨
아
댄
다

부록

산일의 참빛깔소리 : 조오현 론

물빛 닮은 산승이요
산빛 닮은 절입니다

깊은 꿈 그 골 깊이
잠겨드는 심상입니다

부연 끝 아픈 인경이
떨어지고 있습니다

— <겨울산사> 전문

나는 산일(山日)의 하루를 상상해본다. 산빛을 모두 담고 있
는 산사(山寺)를 시시각각으로 드나드는 산승(山僧)들은 한결같이
회색 빛깔이다. 산 어디에도 흘러나오는 물처럼 산승은 산을
떠나지 않아 물빛이라 했을까? 산사의 일상을 비범하게 일
깨우는 산승의 독경소리는 삼수갑산에서 굽이굽이 울려 퍼
지어 험난한 세월을 씻어가며 치유하고 있다. 그래서 이곳
저곳의 산사를 때로 찾는 이방인들의 마음은 "깊은 꿈 그 골
깊이 잠겨드는" 산일의 심상으로 화평하게 되어 잠시나마
속세를 일탈할 수 있는 모처럼의 계기로 삼을 수 있게 되는
지도 모른다. 하여 나는 산일의 참빛깔소리에 몰입하는데 촌
각도 지체하지 않았다.

조오현은 아주 어린 나이에 절간 생활을 시작하여 승려가

된 이후에 시조로 등단하였다. 그의 약력에는 6살 되던 해에 절간 소머슴으로 입산하여 28살에 조계종 승려가 된 것으로 간단하게 적혀있을 따름이다. 아마도 출가한 산승에게는 세간의 이력 따위는 중요하지 않을 것이다. 그러나 사람은 속세에서 출생하므로 근원을 향한 구도도 기실은 인연의 모진 耗盡 실타래로 엮어져 있음을 아무도 부인하지 못할 것이다. 그럼에도 불구하고 조오현의 시조에서 세속과의 인연을 다룬 구절은 애당초 찾아보기란 쉽지 않다. 조오현의 법명霧山과 자호雪嶽에서 살필 수 있듯이 산일의 수행이야말로 그의 평생의 자취이지만, 언제부턴지 모르게 그는 시작詩作을 통하여 또 다른 업을 자행自行하고 있었다. 산승이 시조를 짓는 행위만으로도 혹간或間 사숙으로부터 "도를 안 닦고 장구 따라 다닐 참인가?"라는 우려 아닌 우려를 낳기도 하였던 조오현의 시적 행방은 아래의 시조에서 그 단초를 발견할 수 있다.

1-1) 나이는 열두 살
   이름은 행자 …

   그로부터 10년 20년
   40년이 지난 오늘

   산에 살면서
   산도 못 보고

   새 울음 소리는커녕
   내 울음도 못 듣는다.
                                   — <일색과후> 중에서

1-2) 한나절은 숲 속에서 **새 울음소리**를 듣고
　　반나절은 바닷가에서 **해조음 소리**를 듣습니다
　　언제쯤 **내 울음소리**를 내가 듣게 되겠습니까
　　　　　　　　　　　　　　　— <산일 · 3> 전문

　조오현의 문학은 종교적인 형이상학적 수사가 주조를 이루고 있다고 할 수 있다. 그의 대부분의 시조가 절간이야기를 바탕으로 하여 선시라고 보아도 무방할 경지에 도달해 있는데, 다만 특이한 점은 단시조와 간간이 연시조의 정형을 어김없이 따르고 있다는 것에서 착안할 필요가 있다. 왜냐하면 시조의 운율적 형식은 그의 시적 서정, 즉 '울음'을 담아내기에 적합할 뿐만 아니라 또한 내용면에서도 종교성의 진부함을 고답적으로 승화시키는 데 절정의 기지로 작용할 수 있기 때문이다. 우선 위의 시조 1-1)은 행자로 시작해서 40여 년이 훌쩍 넘는 절간 생활로도 부족한 수행의 고된 과정을 피력하고 있는 것으로 보인다. 게다가 조오현은 "산색山色은 그대로가 법신法身, 물소리는 그대로가 설법說法"이라는 소동파의 게송偈頌을 그대로 따르고 있음도 확인할 수 있다. 특히 그의 시조에는 산-하늘, 숲-새, 그리고 물-바다의 세 가지 비유가 자주 등장하는데, 이것은 그가 거처하는 산사의 지리적 공간에 기인하는 것이기도 하지만 다른 한편에서 앞서 지적한 '법신'과 '산일'과 '설법'을 각각 상징하는 중심 시어이기도 하다. 그러므로 1-2)에서 부처님의 법신을 모시는 산일로 새 울음소리를 듣고, 부처님의 설법도 들으며 이 세상 살아가는 법을 터득하려 하지만 끝내 자신의 존재성을 탐문하

고 있는 회귀성을 보여주고 있는 것이다.

생명은 탄생과 동시에 울음을 터뜨리고, 그 울음이야말로 살아있는 동안 간단없이 존재의 실체를 규정하게 한다. 조오현은 산에 거하면서 수행을 통한 존재성의 성찰을 착어로 남기고 있다고 할 수 있다. 그의 문학은 수행 과정을 여과하는 장치인데 그 도구로 우리 민족의 고유한 정형시인 시조를 택하고 있다. 이 때 그의 무의식에서의 시적 정체가 특이하게도 '울음'이라고 볼 수 있는데 시적 변용을 거쳐 '마음'으로 탈각하는 결과를 낳는다. 다음 시조는 그 단적인 예를 보여주는 대표적인 작품이다.

> 2-1) 차라리 외로울 양이면
> 둥글지나 마올 것을
>
> 닫은 문 산창 가에
> 휘영청 뜨는 **마음**
>
> 살아갈 이 한 **생애**가
> 이리 밝아 적막고나.
>
> — <산승 · 1> 전문

> 2-2) 그 옛날 천하장수가
> 천하를 다 들었다 다 놓아도
>
> 한 티끌 겨자씨보다
> 어쩌면 더 작을
>
> 그 **마음** 하나는 끝내

들지도 놓지도 못했다더라

— <일새변 중 결구 · 8> 전문

위의 시조들은 마음의 힘이나 작용(mental powers and operations)과 관련된 정황들을 동원하면서 인간 마음의 불가지^{不可知}를 토파^{吐破}하고 있다. 마음은 지성과 정서의 복합적인 교호작용이자 영혼의 구성체이다. 2-1)에서 화자가 홀로 거할 때 내면의 자기에 대한 각별한 각성을 촉구하고 있음을 알 수 있다. 인간의 한 생애를 놓고 볼 때 자아는 타자와의 끊임없는 관계 속에서 형성되어진다고 할 수 있다. 그런데 홀로 자아를 완성하여야 하는 산승에게는 그만큼 자성^{自省}을 통한 주체의 형성이 마음의 작용에 달려있다고 볼 수 있을 것이다. 더욱이 2-2)에서는 천하장수의 비유를 통해 그 '마음 하나'의 통제가 얼마나 어려운지를 역설하고 있다. 예로부터 선인들은 '修身齊家治國平天下'라는 교훈을 새겨왔는데 이것은 아마도 천하장수가 천하를 평정하는 공보다 수신^{修身}이 더 큰 덕목이라는 가치의 문제와 더불어 실제로 그 성취 내지는 득도^{得道}의 어려움을 절감하기 때문일 것이다. 하물며 불자라면 성불과 해탈을 통해 열반에 들기까지의 수행의 도정으로서의 마음 탐구는 아무리 강조하여도 지나치지 않을 것이다.

문제는 마음의 풍경이라도 심상으로 능히 표현이 가능하다는데서 출현한다. 문학에서 말하는 심상이란 어떤 사물을 감각적으로 정신 속에 재생시키도록 촉발하는 말을 뜻하므로 감각적 체험과 관계가 있는 일체의 낱말은 모두 심상이 될 수 있다. 문학의 심상(image)은 대개의 경우 글을 읽고(또는 말을 듣고) 독자(청자)의 마음에 생긴 감각적 재생을 지칭하지만, 때로는 그러한 심상이 생기도록 유도하는 비유적인, 또는 묘사적인 말뿐만 아니라 그러한 말들이 한 작품 혹은 한 작가의 전체작품, 어떤 세계관, 또는 진리를 상징적으로 나타나는 경우를 구분하여 '심상의 조직양식'이란 뜻의 이미저리(imagery)라는 용어를 대신 사용하기도 한다. 무엇보다도 여기서 강조하고 싶은 것은 조오현이 울음으로 대변되는 심적 상태, 즉 심상(마음)을 시적 이미저리로 구체화하여 그의 시성詩性 혹은 종교성을 확장하여 고취시켜 나가고 있다는 것이다.

조오현의 시조에 나타난 이미저리들은 유난히 빛깔과 소리들에 관한 내용이 많다. 즉, 색체와 공간구조에 의한 시각적 이미저리와 소리와 정형적 운율에 의한 청각적 이미저리가 주조를 이루고 있음을 관찰할 수 있다. 얼핏 보면 문학적인 수사로 지나치기 쉽지만 필경 이것은 불가의 반야심경에 나오는 '色卽示空空卽示色'이란 말과 관계가 있다. 이것에 의하면 일차적으로 색色이란 우리 감각의 대상인 색깔·소리·냄새·맛·감촉·의미를 말하는 것으로 이 모두는 공空과 다를 바가 없다는 것이다. 한 예를 들어 색깔은 빛에 의해 드러나는 것으로 빛을 가질 수 없다면 색깔도 가질 수 없으므로 그 실체가 없는 것이라는 것이다. 그러므로 색은 공과 다름이 없다는 '色不異空'을 알려줌으로서 물질이 실제로 존재한다고 생각함으로서 저지르게 되는 탐욕의 어리석음을 깨우쳐주고 있는 것이다. 이것과 연관하여 살펴볼 수 있는 조오현의 시조로는 특히 색깔과 관련하여 아래의 작품을 들 수 있다.

> 3-1) 파아란 빛깔이다. 노오란 빛깔이다.
> 빠알간 빛깔이다. 시커먼 빛깔이다.
> 보석도 천개의 보석도 놓지 못할 빛깔이다.
>
> 무수한 죽음 속에 **빛깔**들이 가고 있다.
> 삶이 따라가면 까무러치게 하는 그것,
> 내 잠을 빼앗고 사는 **유령**, 유령들이다.
> ― <화두> 중에서

> 3-2) 풀잎은 풀잎으로 풀벌레는 풀벌레로
> 크고 작은 푸나무들 크고 작은 산들 짐승들
> 하늘 땅 이 모든 것들 이 모든 **생명**들이……
>
> 하나로 어우러지고 하나로 어우러져
> 몸을 다 드러내고 나타내 다 보이며
> 저마다 머금은 **빛**을 서로 비춰 주나니……
> ― <산창을 열면> 중에서

위의 시조 3-1)은 "유형^{有形}의 만물인 색은 모두 인연의 소생^{所生}으로서 그 본성은 공"이라는 '色卽是空'을, 반면에 3-2)는 "만물은 본래 실체가 없는 현상에 지나지 않지만 그 현상의 하나가 그대로 이 세상의 일체^{一切}"라는 '空卽是色'의 사상을 담고 있다고 보아도 별 무리가 없을 것이다. 앞의 시조에서 색^色중 하나인 색깔이 설혹 만물의 형상성을 가지고 있다 하더라도 궁극적으로 공^空적 존재에 지나지 않음을 설파하고 있는 듯하다. 조오현에게 있어 돌-바위-반석은 주로 중생을 상징하는데, '빗돌'의 다양한 '빛깔'은 다수 대중을 나타낸다고 볼 수 있다. 또한 빛깔의 죽음은 삶의 또 다른 모습이기에 그것은 '유령'이라는 비유를 통해 공적 요소를 환기시켜주는 것일 수 있다. 뒤의 시조에서 만물과 생명이 '몸', 즉 일체로 드러나서 '저마다 머금은 빛', 곧 존재성을 보여주고 있다고 하겠다. 조오현의 작품세계에서는 실제로 바위(반석), 나무(무영수), 벌레, 꽃, 풀, 새 등이 등장하여 설법의 의미를 부가하고 있다.

이상의 내용을 정리하면 조오현은 시각적 이미저리를 주도적으로 사용하여 견성(見性)의 시학을 구축하고 있음을 확인할 수 있다. 그러나 보는 행위는 단지 시각적 감각작용만을 의미하는 것은 아니다. 오히려 그것은 내면적 성찰과 반성의 방법적 도구로 유용하기도 한데, 아래의 시조들은 그러한 보기에 알맞은 작품이다.

> 4-1) 무금선원에 앉아
> 　　내가 나를 **바라보니**
>
> 　　기는 벌레 한 마리가
> 　　몸을 폈다 오그렸다가
>
> 　　온갖것 다 갉아 먹으며
> 　　배설하고
> 　　알을 슬기도 한다.
> 　　　　　　　　　　　― <내가 나를 바라보니> 전문

4-2) 지난 날 내가 쓴 반흘림 **서체를 보니**
　　　적당히 살아온 무슨 **죄적**만 같구나
　　　붓대를 던져버리고 잠이나 잘 걸 그랬던가.
　　　　　　　　　　　　　　　— <내가 쓴 서체를 보니> 중에서

　　위의 시조들은 모두 보는 행위에서 곧바로 성찰적 혹은 반성적 되돌아보기로 견성의 역할 전환이 이루어지고 있음을 살필 수 있다. 엄밀히 말하면 눈의 감각에 의한 지각이라기보다 유추적 이성에 의한 도덕적 지성으로 관조적 태도를 매우 잘 보여주고 있다고 볼 수 있다. 4-1)에서 '내'와 '나'는 언어학적으로 동일 주체이지만 실제로는 '관찰자'로서의 주체와 '대상'으로서의 객체로 수직적으로 분리되어 제각기 다르게 기능한다. 다시 말해서 전자는 초월적 주체로서 정신적 가치를 대변한다면, 후자는 '몸'에 가두어진 욕망의 주체로 본능적 행위자로 볼 수 있다. 중장에 나오는 '벌레'는 물론 중생의 의미를 함축하고 있는 비유적 표현인데, 먹고 배설하는 생리 현상과 알을 슬기도 하는 생식 욕구를 모두 지니고 있다. 결과적으로 정신과 육신의 분열로 인한 해탈하지 못하는 존재의 번뇌와 갈등을 나타내고 있다고 할 수 있다. 이와는 달리 4-2)에서 동일 주체의 수평적 해당 행위로서 지난 날 적당히 살아 온 것만 같은 족적을 보여주는 '서체'가 마치 '죄적'과 같다라는 자조 섞인 한탄과 반성이 핵심이다. 조오현은 사실상 시문으로 착어를 남겨왔는데 지금까지 그 수행의 문자적 흔적이 "내가 쓴 반흘림" 서체로 표현된 것인지도 모른다.

조오현의 문학에서 '서체'의 상징은 중요한 의미를 갖는다. 서체의 일반적 의미로는 첫째 글씨를 써 놓은 모양, 둘째 활자나 인쇄 문자 혹은 붓글씨체, 셋째 비유적으로 행적 혹은 몰골 등을 떠올릴 수 있다. 산승인 조오현으로서는 불도의 깨달음이란 마음에서 마음으로 전하는 것이므로 따로 언어나 문자로써 설명하지 않는다는 지론을 평소 지녔을 것이다. 그는 각별히 '無字'에 관한 연작 시조를 남기고 있는데, 이것과 연관하여 의미화 할 수 있는 단어로는 우선 반의어로 '글자', '문자', 그리고 '有字'(즉, 글을 남겼거나 학식이 있다는 뜻으로 유추가 가능함)가 있고, 다음으로 글이 아닌 형태의 소리·이야기·설법 등을 생각해 볼 수 있다. 조오현의 이러한 불립문자不立文字의 선시적 문학 정신은 문어적 전통의 답습적 시문에 반박하게 하여 '무자화', '화두', '착어', '일색변', '무설설' 등과 같은 제목의 작품으로 표면화하기도 하지만, 통상적으로 '소리'에 대한 그의 남다른 애착으로 이어지면서 다음과 같은 시조들을 다수 남기고 있다.

5-1) 조실스님 상당을 앞두고
　　　법고를 두드리는데

　　　예닐곱 살 된 아이가
　　　귀를 막고 듣더니만

　　　내 손을
　　　가만히 잡고
　　　천둥소리 들린다 한다.

　　　　　　　　　　　　— <파지> 전문

5-2) 놈이라고 다 중놈이냐
  중놈소리 들을라면

  춰모검 날 끝에서
  그 몇 번은 죽어야
  그 물론 손발톱 눈썹도
  짓물러 다 **빠져야**

  ― <일색변 · 6> 전문

  위의 시조들에서 '소리'는 단지 축어역^{逐語譯}의 의미로서는 의사소통이 이루어질 수 없음을 금방 알 수 있다. 인생 경험과 종교적 깨달음을 통한 맥락의 검토가 동시에 이루어지지 않으면 사실상 소통의 합일은 불가한 것이다. 5-1)에서 '파지,'^{把指}라는 제목이 암시하듯이 "손가락을 쥐고 있음"에 강조점이 있다. 분명 아이는 선문^{禪門}에 입문하지 못한 행동을 보이지만, 그렇다고 아이가 불심이 없다고 단정 지을 수 없다. 손을 맞잡은 교감 속에서 '천둥소리'는 솔직하면서도 또한 무의식적인 다의성을 낳으며 '以心傳心'의 단계를 밟는다. 5-2)의 '일색변'이란 연작 시조에서 우선 그 의미는 한 가지 혹은 같은 색^色의 경계를 고하는 것이다. 따라서 소제재가 된 바위 · 나무 · 장부 · 여자 · 사랑 · 중놈 등과 같은 만상^{萬象}의 소리도 기실은 무수한 업의 결과물이라는 것이다. 그 한 예로 든 '중놈'은 고행(수행)을 다 치러야 기표의 그 소리에 부합하는 기의의 개념을 획득할 수 있다는 일종의 시금석으로 받아들여질 만하다.
  조오현의 선시적 '不立文字'의 문학정신이야말로 바로 그가 소리에 대해 부단하게 천착한 배경으로 추정할 수 있었다. 그런데 그의 시의 모태가 되는 울음도 당연히 소리이다. 소리의 내용에 삶의 애환哀歡이 담길 때 정서와 화음이 조율되면서 울음소리가 울려 퍼지게 되는 것이다. 이러한 과정에서 울음소리가 악기나 사람 그리고 동물의 기관을 관통하게 되면서 그 개체의 특성에 따라 저마다의 울림이 다 다른 생명적 의미의 소리를 생성하게 되는 것이다. 조오현의 경우 음악적 소리는 장구와 시조로, 종교적 소리는 자연으로 그리고 마지막으로 인생적 소리는 파도·너울·흐름·바람·아픔 등과 같은 '소요'로 드러난다고 할 수 있는데, 아래의 구절들은 인생과 관련된 그 예로 몇 가지 뽑아본 것에 지나지 않는다.

6-1) 긴 여운 남기는 **바람**
    열어 놓은 내 가슴

                            — <불이문> 중에서

6-2) 그 삶이 어디로 가나
    파도라 해요.

                            — <무설설·2> 중에서

6-3) 밤 늦도록 불경을 보다가
    밤 하늘을 바라보다가

    먼 바다 울음 소리를
    홀로 듣노라면

    천경 그 만론이 모두

바람에 이는 **파도**란다.

— <파도> 전문

6-4) 얼마나 많은 **아픔**이 남아야 탑신이 되나

— <미천골 이야기로> 중에서

위의 시조들에는 모두 한 순간의 소요를 엿볼 수 있는 구절들이 나온다. 먼저 6-1)에서 '바람'으로 상징되는 마음의 소요를 엿볼 수 있고, 6-2)에서는 삶이 곧 파도라고 한다. 이 둘을 결합하면 6-3)에 나오는 "바람에 이는 파도"라는 구절은 삶의 소요를 표방한다고 볼 수 있을 것이다. 그리하여 마침내 산문(山門)에서 종교('불경')와 자연('먼 바다 울음소리')과 인생이 모두 합일하여 우주적 소요에 도달하게 되는 것이다. 따라서 6-4)에서 '아픔'과 '탑신'의 등가적 비유를 통해 상처받은 영혼의 치유를 기원하는 대승(大乘)적 태도로까지 발전하게 되어 이타구제(利他救濟)의 입장에서 널리 인간 전체의 평등과 성불을 발원할 수가 있는 것이다.

조오현의 '소리'의 문학은 시조와 만나 한을 장단으로 풀어내면서 행복한 꽃을 피운다. 또한 시조의 운율은 그의 수행과 연결되어 그의 문학의 문체를 결정하는 요인이 되었을 법하다. 그는 인생적 아픔이 종교적 탑신으로 변모하는 인고의 세월 속에서 이제 어느덧 산일의 소요에 젖어버렸다. 그러기까지 그의 마음속에는 다스려야 할 파고(波高)가 적지 않았을 것으로 짐작된다. 그러나 그는 산승이기에 산사에서 산창을 열어 사시사철을 흘려보낼 수 있다. 아래의 시절가(時節歌)는 그의 금생의 '뗏목다리'같은 산일의 의미를 캐는데 빼어놓

을 수 없는 대표작 중의 하나이다.

> 7) 이제는 정말이지 산에 사는 날에
> 하루는 풀벌레로 울고 하루는 풀꽃으로 웃고
> 그리고 흐름을 다한 흐름으로 볼일이다.
> — <산에 사는 날에> 중에서

위의 시조는 종심^{從心}의 정점에 선 한 노승의 심경을 토로한 것에 지나지 않지만 고승^{高僧}으로서의 고요한 기품이 느껴진다. 그의 또 다른 시조의 한 구절처럼 "손발톱 눈썹도 짓물러 다 빠"질지라도 그는 산승^{山僧}이기에 산에 살고 선승^{禪僧}이기에 풍류를 읊으며 해탈문^{解脫門}을 건너고 있는지 모를 일이다.

나는 매일 산을 보지만 그 산에 포함되지 못하여 언제나 일상을 그르치며 살고 있다. 그러므로 돌아오는 주말에는 산에 가서 우문 하나 깨치고 돌아왔으면 하고 작심해볼 요량이다. (《시조문학》 2007 여름호)

사랑의 반복: 이영지 론

동짓달 기나긴 밤을 한 허리를 베어내어
춘풍 이불 아래 서리서리 넣었다가
어른 님 오신 날 밤이여든 굽이굽이 펴리라. -황진이

한밤중 날 부르듯 한 길이 수를 놓아
당신이 훈풍되듯 명월로 걸어놓아
여인의 햇빛으로 서 바람, 청명으로 수놓아
— <수: 새벽기도 · 67>

Ⅰ. 들어가며

동서고금의 여인에게서 사랑은 언제나 들이쉬는 생명의
숨결과도 같다. 특히 한국 여인의 정한情恨은 시혼詩魂으로 승
화되어 인구에 회자하는 바, 나는 그 중에서 상단의 두 시조
를 비교해보고 싶어졌다. 근자에 영화와 드라마로 다시 제작
된 바 있어 한류의 중심에서 대중의 관심을 끌기에 충분한
역사적 인물 황진이黃眞伊는 무릇 예인藝人의 본보기이다. 16세
기 유교 조선에 태어난 황진이의 파란만장한 여인으로서의
삶은 일부 시(조)로 남겨져 시대를 초월하여 우리의 심금을
울려주고 있는 데, 그녀는 위의 시조에서 한 여인의 지고지
순한 사랑을 빼어난 시각적 이미지로 잘 형상화하여 보여주
고 있다. 이와 유사하게 '밤'과 '달'의 유기적 상상력을 통하

여 유감없이 또 다른 경지를 보여주는 우리시대의 여류시인
으로 모름지기 이영지의 시조작품을 빼어 놓을 수 없다. 실
제로 이영지의 연시조인 〈꽃상여: 새벽기도 · 25〉의 종장마
다에는 "眞伊의 초례마당에 꽃신으로 타다가", "眞伊의 꽃
신 데리고 꽃혼타고 나는 날", "眞伊의 다홍상여 / 꽃무덤 치
마폭 時 한 수로 꽃상여 나는 날"과 같은 운명적 진술을 통하
여 시공간이 무색할 정도로 두 몸이 한 혼으로 만나고 있음
을 확인할 수 있다. 왜냐하면 이들의 시적 묘사가 17세기 영
국의 종교적 형이상학파 시인들의 수사적 장점을 많이 따르
고 있는 까닭이기도 하거니와 다른 한편에서는 시대를 달리
하는 두 여인의 시적 상상력의 근간이 되는 여성적 삶의 절
제된 긴장이 주는 전통미가 또한 흡사하기 때문이다.

II. 행복의 관상

이영지의 평생에 걸친 시작詩作은 무엇보다도 종교시의 전
형典型을 이룬다고 할 수 있다. 그녀는 〈새벽기도〉라는 연작
시조를 무려 1570편 쓰고 있다. 신앙 형성의 문제를 기도 형
식의 연작시조로 형상화한 종교시인 〈새벽기도 · 1~1570〉
은 신앙과 문학이 일체가 된 오묘하고 힘찬 표현으로 말미암
아 한국 시조문학사상 그 유래를 찾아보기가 힘든 귀중한 유
산임이 틀림없다. 시조집으로는 『행복의 순위』(1997), 『행
복행 내님네』(1998), 『일곱 금촛대 위의 행복』(1999), 『행
복보라』(2000), 『두천년을 사는 행복』(2001), 『키스하지 않

은 결혼의 행복』(2002), 『하나님의 행복한 연출』(2004)의 일곱 권에 나누어 발표하고 있는데, 그 서두가 〈행복의 순위 : 새벽기도 · 1〉에서 시작하여 그녀가 목사안수식을 받는 감격을 토로한 〈芝牧 사랑타: 새벽기도 · 1570-목사안수식〉에서 끝나 있다. 물론 나는 그녀의 기도로 형상화한 창작이 아직도 진행 중일 것이라는 심중心中을 가지고 있지만, 현재까지 출간한 그녀의 시조집만을 중심으로 관찰하건데 그녀의 시 세계는 전반적으로 『두천년을 사는 행복』(2001)을 정점으로 하여 크게 달라지고 있음을 주목해볼 수 있다.

앞서 소개한 시조집들의 제목만으로 어림짐작하여도 이영지 시인의 관상은 행복이라는 단어로 모아진다. 시인의 첫 기도시조집인 『행복의 순위』의 서문에는 "일상의 모든 일들이 하나님의 일들과 시조의 이론과 연관시켜 연구하고 시작업을 하게 됨에 이 행복의 순간들이 꿈만 같습니다."라는 간단하지만 그녀의 시업時業 전체를 총괄할 수 있는 시작 노트를 발견할 수 있다. 이것으로 시인은 '하나님에의 연정'을 문학으로 구체화하는 필생의 과업을 명시적으로 선언하고 있음을 알 수 있다. 다시 말해 이영지는 기독교시인으로 그녀의 운명을 옥죄면서 종교적인 수행으로서의 새벽기도와 '인간의 개인적인 마음의 행복'을 투시하는 시인 본유의 사명을 합치시키는 시적 순례의 힘겨운 도정을 성공적으로 끝낸 것으로 이해할 수 있다. 특히 시인은 이 고독하고도 기나긴 역정에서 무수한 마음의 편린들 가운데 인간의 행복의 순위를 어느 것에 두느냐를 가지고 고심한 흔적을 아래의 대표적 두 시편에서 찾아볼 수 있다.

1-1) **달 먼저 떠 오르면**
　　해는 달, 따라나와
　　달 밑에 서서 있는
　　그 **차례** 하얀 차례
　　해는 달
　　하얗게 웃으면
　　하얀 웃음
　　보조개

　　해 먼저 볼 붉히면
　　달은 해, 따라나와
　　해밑에 활 활 활
　　속차례 분홍차례
　　달은 해
　　함께 웃으면
　　분홍웃음
　　보조개
　　　　　　　　　　　— <행복의 순위: 새벽기도 · 1> 전문

1-2) **달아래** 달 얼굴이
　　비춘다
　　감사해 보았더니
　　별얼굴 비춰준다
　　달빛은 별빛되어라 달의 얼굴 별
　　되다
　　별아래 별 얼굴이
　　비춘다
　　기도해 보았더니
　　해의 손 닥아온다
　　별빛은 햇빛되어라 별의 얼굴 해
　　되다

위의 연작시조에는 해와 달의 상관적 관계를 서술하고 있지만 시간의 경과와 더불어 발표된 숫자의 차이만큼 그 내용도 발전된 것으로 보인다. 우선 1-1)에는 '달 먼저'와 '해 먼저'의 어휘에서 드러나듯이 수평적 관계에서 자주 목격할 수 있는 '차례'에 의한 순서가 매겨져 있다. 그리고 '해는 달'과 '달은 해'에서 알 수 있듯이 달과 해는 등치관계의 순환을 보여주고 있다. 즉, 달에 이어 해가 서고, 해에 이어 달이 서는 따라감의 관계로 시적 화자와 그 대상의 관계는 '하얀 차례', '속차례'로 상징되는 선후先後에 의한 친밀하고 대등한 대립의 관계로 나타난다. 반면에 2-2)에서 '달아래'와 '별아래'는 수직적 관계를 나나내는 단어들로 서열적 질서의 관계를 보여주는 것으로 이해된다. 그러므로 시인과 시인의 신앙적 대상의 관계는 한층 성숙해져서 그 반응도 '감사'와 '기도'로 나타날 뿐만 아니라 '~되어라'와 '~되다'의 인과관계에서 확인되듯이 주종主從과 순종의 관계로 나아감을 느낄 수 있다.

이와 같이 이영지의 연작시조에서 핵심적 상징으로 나타나는 달과 해의 상관적 관계에 대한 이차적 기의는 시적 화자와 그 대상 혹은 시인과 시인의 신앙적 대상의 관계로 이해할 수 있다. 그런데 시인이 정작 문제 삼는 '행복의 순위'는 애초 시적 수사로서 당신과 나의 친밀한 관계가 수평적 관계이던 것이, 점차 신앙적 대상으로서 절대자와 나의 수직적 관계로 구축되어감에 따라 시적 세계가 다소 변모하고 있음을 살필 수 있다. 이것은 이영지가 처음에 시인이자 문학

연구자이던 신앙인의 태도에서 마침내는 목회자로 거듭나
게 되므로 말미암은 어찌 보면 인생의 새로운 전환으로 빚어
지는 당연한 결과인지도 모른다. 그러나 시인은 신앙적 삶의
겸허를 내포적으로 행복의 참된 의미를 초지일관 찾고 있다
고 할 수 있는데, 아무튼 그녀의 시심詩心이 곧 종교적 구도의
염원임을 보여주는 다음의 작품은 시인의 종교적 자세를 이
해하기 위해서는 매우 중요한 것이라 하지 않을 수 없다.

　　2-1) 부름의
　　　　흐름 폭
　　　　지나다 여미고
　　　　마지막 꽃잔을 비잉 둘러 다시 **촛불**
　　　　앵두빛 두 볼을 감싸 빛 새 날까 밤새다

　　　　입술로
　　　　대담하고
　　　　이 아미 봄 숙이고
　　　　이 푸른 벽돌에도 흐르는 이 아침을
　　　　가슴의 파랑 너울로 흐르도록 봉황새

　　　　파아란 눈빛으로
　　　　분홍 속살이든지
　　　　등 뒤에 먼지 한 가닥 털어 드리는
　　　　머나먼 푸른 꿈 익어 봉황 새의 **청지기**
　　　　　　　　　　— <청지기: 새벽기도 · 23> 전문

　　2-2) 수 천의 염원이 / 훨훨 / 훨 / 타 / 나가 / 다스려 은빛나래
　　　　엎드려 잠재울 / **낚시대** / 이따금의 구두소린 / 하늘 줍는
　　　　강태공 // 열리는 창가에는 / 즈믄 / 해 / 다 / 스릴 / 덩이

금빛보다 귀한 부지런 부퍼오는 / 활화산 / 과녁을 겨냥
해 / 새 공기가 샘솟아

<새벽: 새벽기도·78> 전문

위의 시조에서 얼핏 보아도 창조주를 섬기는 신앙인의 사
명을 '청지기'와 '강태공'으로 비유하여 설명하고 있음을 알
수 있다. 2-1)에는 부름을 받은 청지기의 내면적 태도를 관찰
할 수 있다. 이 시조에 나오는 청지기는 어둠을 밝히는 촛불
을 꺼뜨려서도 안 되고, 아침을 노래하는 봉황새를 돌보는데
소홀해서도 안 된다. 그렇기에 이 청지기는 영혼을 일깨우는
소임에 항상 게을리 하지 않는 분주하고도 결백한 생활 태도
를 견지堅持하고 있는 것으로 비춰진다. 또한 2-2)에서 낚시대
를 드리운 강태공이 나온다. 성경에 본시 어부였던 베드로가
물고기로 육신의 목숨을 잇기보다 예수님의 말씀으로 성령
의 삶을 택한다. 마찬가지로 '하늘을 줍는 강태공'도 주지하
다시피 물고기가 아닌 시간을 낚는 대가大家 낚시꾼답게 종말
이 아닌 영원을 향한 '과녁'을 드리우고 있는 것이다. 이와
같이 이영지는 하오(속세)의 번잡함을 무시로 떨치고 어둠의
한가운데서 신앙의 불씨를 지키며 새벽의 여명과도 같은 영
원의 행복한 시간을 예비하는 신앙인의 참삶을 살고 있는 것
으로 보인다.1

---

1 사실 이영지의 첫 시집은 『하오의 벨소리』(양문각, 1989)로 이 시조
  집에서 실험적인 창작을 선보이며 시조의 완성도를 이미 선취한 바
  있다. 그러나 무슨 이유에서인지 9년이 지난 뒤부터 발표하기 시작한
  연작시조 <새벽기도·1~1570>야 말로 그 크기나 깊이 양면에서
  살펴보아도 한국시조사에서 결코 빼어놓을 수 없는 명백한 그녀의 대

Ⅲ. 그림자의 치유

앞서 살펴보았듯이 이영지는 어둠의 청지기이고 달을 건지는 강태공의 자세로 고독한 지상의 삶 속에서 견인^{堅忍}하며 영원의 행복한 언어를 불철주야 단근질해온 노련하고도 성숙한 시조시인이다. 그녀는 최우선적으로 절대자의 존재를 확신하며 종교시인임을 일절 부인하지 않는다. 요한의 복음서 서문에 "일찌기 하느님을 본 사람은 없다"고 전한다. 그러나 이영지는 그분의 모습을 마음 안의 빛처럼 지니고 있는 듯하다. 그것은 다시 빛의 구심체인 해와 달을 통해 그림자적 존재인 피조물을 응시하는 그녀의 태도에서 여실히 드러난다. 아마도 태양이 하나님이고 달은 아버지의 품안에 계신 외아들인 예수 그리스도를 상징한다고 볼 수 있는데, 그 영광된 빛의 그림자 속에서 시인은 자신의 존재됨을 깨닫고 고통과 시련을 견뎌내며 완성된 자아를 만들어나가고 있는 것으로 이해할 수 있다. 시인이 몸소 빛이 무엇인가를 느끼고 겪으며 쓴 종교적 체험을 확인할 수 있는 두엇 작품을 예로 들면 다음과 같다.

> 3-1) 햇빛 그
> 주님만이
> 담긴 그
> 밤을 지나
> 꽃잎의 꽃순이로
> 늘 만난 **십자가의**

표작이라 할 수 있을 것이다.

무늬에 등 닿는 찰나

비 열린다
비온다
— <비 열매 : 새벽기도 · 1227>의 3연

3-2) 채송화 누구인가
　　달빛을 쏟아부어
　　달님이 또 누군가 .
　　시쓰는 그림자다
　　그림자 그늘아래에
　　그대얼굴 비친다.

　　늘 자고 일어나면 맛나가 수북수북
　　이슬과 같으리라 백합화 같으리라
　　가장 큰 꽃으로 피어 갖고싶은 그대다

　　내 생애 뿌리깊이 깊이로 내려가서
　　내 생애 신기루로 피어나서
　　삼
　　빡히 나무길이로
　　그늘아래 앉는다
— <그늘아래: 새벽기도 · 1242> 전문

　위의 시조에서 모든 아름다운 것은 창조주의 모상模像이며
그 생명은 영원에까지 이어지는 것임을 알레고리화하여 표
현하고 있다. 3-1)에서 '밤'은 고난을 상징하는 것으로 그리
스도가 인간의 죄를 대속하신 십자가를 통하여 빛 된 존재로
구원의 길을 열었음을 말해주고 있다. 시인은 상상력을 통하
여 '꽃잎의 꽃순이'와 같은 사물의 어긋난 무늬에서도 십자

가의 상징을 읽어내고 있을 뿐만 아니라 비^雨로 구체화한 물의 상징을 통하여 부활의 이미지를 그려내고 있는 것이다. 게다가 3-2)에서 시인은 보잘것없는 앉은뱅이꽃의 존재감을 통하여 절대자의 존재를 형상화하고 있다. 하나님의 권능을 부여받은 피조물은 하나님의 그림자다. 그리고 그 '그림자의 그늘아래'서 유추에 의해 '그대얼굴', 즉 하나님의 존재를 발견하는 것은 너무도 당연한 소치이다. 요컨대 신앙의 핵심은 하나님과 피조물에 관한 근원적인 문제일 것이기 때문에 피조물의 그림자를 보고 추론적으로 '영원한 실제'요, '궁극 원인'인 신의 존재에 대한 확신에 도달하는 기독교변증론의 원리만큼은 그리 만만해 보이지 않지만, 그래도 이영지가 원칙적인 시작^{詩作}에서는 그림자를 만드는 빛의 존재 혹은 절대자의 자취나 흔적을 더듬어보며 찬양하는 수사적 방법을 주로 운용하고 있는 것만은 분명해 보인다.

이와는 달리 분석심리학자 융에 의하면 그림자란 인간의 발달 과정에서 자연스럽게 생기는 내적 충동이나 강박 관념, 인성의 역기능을 의미한다. 그것은 인성의 일부분으로 작용하거나 드러내지 않은 채 남아 있다가 때때로 우리가 전혀 예상하지 못한 방법으로 돌출하기도 한다. 다시 말해 우리의 인성은 일생에 걸쳐서 그림자를 만든 감정이나 기대치, 경험과 서서히 혼합되게 마련인데, 이것을 유심히 살피지 않는다면, 그 혼합물은 결국 참혹한 폭발을 일으키게 되는 것이다. 그러므로 자기의 그림자를 무시하거나 부정하는 사람은 자신의 자리에서 심각한 실패를 겪게 될 가능성이 높으므로 그것을 미연에 방지하기 위해서는 자기 그림자에 대한 면밀한 성찰이 필요하다. 하여 이영지는 어둠 속에 드러난 인간적 존재의 내면에서 어두운 심리 상태와 같은 부정적 측면들을 추슬러나가는 새벽기도 예배에 정성을 쏟으며 자신의 고유한 소리를 식별해내어 작품화하고 있다고 판단되는데 다음의 시조들은 그와 같은 창작 또는 치유의 과정을 보여주는 대표적 작품들이다.

> 4-1) 내 손은 아주 약간 길이가 모자라서
> 　　　휘파람 노래지며
> 　　　널향해 늘어나는
> 　　　길이를 휘이잉 당겨 빨갛토록 아프다
>
> 　　　그리움 그건 바로 **내여울 소리**때문
> 　　　너에의 이슬여울
> 　　　한땀씩 모으느라
> 　　　수액을 빨아올리는 여름에도 그립다
>
> 　　　처음의 사랑뿐만 아니라 마지막인
> 　　　너와의 물밑대화 길이가 모자라서
> 　　　처음의 사랑뿐만아니라 마지막인
> 　　　오 오 오
> 　　　　　　　　　　　　　— <모자라서: 새벽기도 · 1165> 전문

> 4-2) 복숭아 꽃이파리 다 내린 날입니다
> 　　　달빛이 수줍다고 귓불을 숨기면서
> 　　　하얀비 소리꽃잎에 얼굴묻는 **소리비**雨
>
> 　　　접어둔
> 　　　소리 날며
> 　　　날아든 꽃숨 속에

천일의 천일곱을
더하며
내리는 시
하얀비 소리꽃잎시(時) 내 안 마음 **소리시**^詩
— <소리시^詩 : 새벽기도 · 1191> 전문

위의 시조에서 시적 화자는 자신의 심정 상태를 직시하며
구성진 소리를 곡진하게 빚어내고 있다. 4-1)에서 시인은 그
림자를 형성하는 재료들인 욕망의 동기들을 모두 말하고 '길
이'로 상징되는 내면의 모자람의 소리, 즉 '내여울 소리'에
귀 기울이고 있음을 관찰할 수 있다. 한편 4-2)에는 내면의
풍경을 보여주는 '소리비^雨'가 다시 '소리시^詩'로 화하는 창
작의 과정을 여실히 보여준다. 물론 이 경우에도 작품의 심상
은 다분히 시각적으로 묘사되어 있지만, 시의 형식을 고려하
면 시조의 정형적인 운율은 곧 소리일 수밖에 없기에 소리
시, 즉 시조시^{時調詩}로 완성하여 표현하고 있는 셈이다. 종합
하면 이영지의 시조에 드러나는 시적 화자의 자기서사가 시
인의 절제된 삶을 자연스럽게 보여주지만 빼어난 정형시로
시정^{詩情}이 잘 갈무리되어 있으므로 그 정한이 음악적 혹은 더
나아가 종교적으로 승화되어 치유되어짐을 확인할 수 있다.

IV. 삶의 변형

종교적 체험과 그에 따른 확신, 곧 인식과 실존의 변형은
어떻게 취급되어야 할까? 변형의 순간이 내포하고 있는 의

미는 그러한 순간들을 체험한 사람들로 하여금 그들이 생각하고 있는 실재란 과연 무엇인가 하는 사실을 근본적으로 다시 묻게 한다. 실재에 관해서 새롭게 의식한다고 하는 사실은 여러 가지 차원의 변화를 의미한다. 하나님의 현존은 인간의 삶의 차원을 뛰어넘고 있는 극적인 성격이 있기 때문에 그것은 우리 삶의 중심 속에서 더욱 생생하게, 더욱 확실하게 드러날 수 있다. 신앙인에게 확신을 주는 그리스도의 현존에 중심을 두는 모든 변형들은 이영지의 일생에도 영향력을 미치고 있다. 결정적인 가치와 궁극성에 대한 관심이 사라져 버리고 말면 인간들은 자신의 존재를 고갈시켜 버리게 되며, 서로를 파괴하게 된다. 그러나 자아의 기반으로 편입되어 있는 부정적인 태도들에 대한 끊임없는 자기 갱신 혹은 부활을 통한 이영지의 믿음의 확신은 끝내는 그의 문학 속에서도 실존적인 변형의 역동성으로 작용하고 있는데 그러한 징후들을 포착할 수 있는 계기의 작품들로 아래의 예를 들 수 있다.

> 5-1) 후루루
> 내
> 안에서
> 돌아난 포플러 잎
> **소아**를 버리고도 **대아**는 바다로 떠
> 나
> 를 늘
> 무지개로만 온누리에
> 푸른 잎
> — <돌아난: 새벽기도 · 994> 전문

5-2) 오로지 하나있는 **생명**을 드리리다
　　아직도 살아있는 **사랑**을 드리리다
　　내 사람 하나님에게 드리리라
　　……

　　　　　　　— <드리리다: 새벽기도 · 1245> 전문

　위의 시조들은 확신의 체험 속에서 자아의 확장이 이루어
져서 궁극적인 사랑의 길로 나아가고 있음을 명명백백하게
보여준다. 5-1)에는 내면의 자아가 성숙하면서 이기적 자아
에서 이타적 자아로의 상승적 변화를 겪게 됨을 알 수 있다.
또한 5-2)에서 그리스도교적인 확신의 인식을 사랑의 길로
수용하고자 하는 실존적 변용의 태도를 접할 수 있다. 이 경
우 영과 육의 분리에 의한 욕망의 사랑이 영과 육의 통합을
위한 헌신의 사랑으로 승화하는 사랑의 반복이 일어나게 된
다. 그런데 그 반복은 모든 욕망을 뿌리치고 인간의 조건을
부정함으로써만 초월적이며 영원히 이룩되는 것이라는 것
을 유념할 필요가 있다. 어쩌면 참된 사랑에는 부지불식간에
신에의 섭리같은 것이 움직이고 있는 것인지도 모른다.
　이영지의 〈새벽기도〉에 수록되어 있는 1570편의 시편들
은 궁극적으로 '사랑을 위한 반복'을 노래하는 연작시조라
할 수 있다. 이들 시조의 전반부는 연인에게 정열적으로 호
소하든가 아니면 친밀한 연인의 부재를 슬퍼하는 것과 같은
일종의 연애시로 보이는 시조들이 자주 등장한다. 이영지는
기나긴 종교상의 편력을 거쳐, 마침내 2004년 10월, 그녀의
나이 63세 되던 해에 목사안수식을 받는다. 이 무렵부터 그
녀가 쓴 여러 시조들은 누가 보아도 분명한 종교시로 실로

불후의 명작이라 아니할 수 없다. 필자가 보기에 한국현대시
조사에서 이영지만큼 영육의 투쟁을 강렬하게 체험한 시인
은 아마도 없을 것 같다. 이영지는 하나님의 은총에 의해 생
의 심각한 모순과 분열로부터 그녀를 해방시켜 주는 동시에
일체의 인간적 가능성을 배제한 근원적인 자기自己를 발견한
감격을 다음과 같이 써내려가고 있다.

> 6-1) 세상에 가장 작은 가슴을 가졌습네 꽃으로 핀 이유는 당
> 신을 위해섭네
> 당신을 담기 위하는 가장 작은 이웁네
>
> 평생을 하늘담아 아아주 작아져서 하늘의 별이 내려오느
> 라 하얗고 흰 꽃으로 은별꽃되어 아주 작아 있습네
>
> 누룽지 꽃이 되어 아아주 하얀꽃이 땅에서 흔들리며
> 너에게 흔들리며
> 눈으로 은별 달아서 아주 작아 있습네
> ― <별별꽃: 새벽기도 · 1420> 전문

> 6-2) 내 안에
> 하
> 하늘이 들어와 별이랑의 둘레에
> 마알간 거울이 비추면서
>
> 그날로
> 말할줄몰라 물을줄을 몰라라
> 내 깊은 심장에서 그대가 반짝반짝 빛나며
> 손짓하는 그날에
> 어눌하게라도
> 말할줄몰라

몰라라

그러리 별가루 앉은 이 꽃더미에 놀라며
그리움 말할줄몰라 몰라몰라
몰라라
　　　　　　— <하늘: 새벽기도 · 1569> 전문

　위의 시조들에는 하나님을 통하여 인간된 존재의 미약함
을 깨닫고 구원의 확신을 반복하여 얻음으로써 허망함으로
부터 결코 절망하지 않음을 잘 보여주고 있다. 6-1)에서 절대
자와 피조물의 관계, 즉 '아래'를 모르고서는 '위'를 알 수 없
음을 잘 설파하고 있다. 그렇기에 '평생을 하늘담아 아아주
작아져서'에서 살필 수 있듯이 지상의 가장 낮은 존재로 작
아져서 수직의 가장 높은 존재의 신성함을 지극정성으로 경
배할 수 있는 것이다. 반면에 6-2)에는 '하늘'을 주님으로 섬
김으로 말미암아 비롯되는 황홀한 신비감을 찬양으로 노래
하고 있다. 그런데 이전의 '그리움'으로 가슴앓이를 발하던
시적 화자가 이번에는 그 대상을 묵상하며 완전한 존재를 느
낀다는 점이 사뭇 다르다. 다시 말해 시인은 평생을 관상적
차원에서 하나님을 받아들이면서 비로소 지상너머의 영원
한 순간, 곧 궁극적 행복에 마침내 다다른 것으로 보인다.

　Ⅴ. 나오며

　이영지는 연작시조 〈새벽기도 : 1~1570〉로 종교시인의

초석을 굳건하게 다져온 여류시조시인이다. 이 연작시조는 1997년부터 2004년까지 8년에 걸쳐 무려 7권의 시조집으로 간행되었는데, 한국현대시조사에서 그 크기와 깊이에서 단연 손꼽히는 수작이라 할 수 있다. 이영지는 박사학위 논문인 〈이상시 연구〉로 이미 잘 알려져 있지만, 시조에 관한 여러 권의 연구서를 통하여 한국시조의 가능성을 널리 알려온 대표적 시조학자이기도 하다. 그런 만큼 그녀의 실제 창작활동에 있어서도 시조의 운율로 실험할 수 있는 온갖 형태의 정형을 선보이고 있을 뿐만 아니라 다양한 맛깔 있는 시어를 통하여 종교적 주제를 심화시킴으로써 시조세계의 독자적 경지를 개척한 것으로 정평이 나있다.

필자는 이 글에서 〈새벽기도〉에 나타난 신앙의 면모를 더듬어보면서 이영지의 종교시가 갖는 일반적 특징을 정리하고 싶었다. 우선 이영지의 시조에는 '해'와 '달' 또는 '빛'과 '어둠'의 상관적 관계가 두드러지므로, 연작시조의 전반부와 후반부에서 차이를 다소 보이고 있는 이들 심상의 변화에 주목하여 그 내용의 본질을 규명해보고자 하였다. 즉, 전자의 시편들은 친밀함에 의한 수평의 관계를 보여주므로 연애시의 범주를 따르지만, 후자에 점차 다가갈수록 하나님과의 수직적 관계로 인한 종교시의 전형을 따르고 있음을 알 수 있었다.

이영지는 현상적 그림자를 관찰하면서 절대자의 존재를 확신하며 내면의 부정적 측면들을 치유해나갈 수 있었고, 그 결과 궁극적인 행복에 도달하는 아름다운 관상의 시작詩作을 몸소 실천해 보여준 우리시대의 소중한 시조시인이다. 실로 그 놀라운 문학적 역정에 누구나 찬사를 보내지 않을 수 없다. 다만 그녀의 혼신인 〈새벽기도〉에 걸맞은 작품 연구가 아직 본격적으로 시작되지 않고 있다는 것이 문제인데, 미력하나마 필자가 그 운을 띠운 것으로 아쉬움을 대신하기로 한다. (〈시조문학〉 2007년 겨울호)

얼굴의 미학: 양원식 론

맨가슴 맨발로 저자에 들어오니
재투성이 흙투성이라도 얼굴 가득 함박웃음
신선이 지닌 비법 따위 쓰지 않아도
당장에 마른 나무 위에 꽃을 피게 하누나.
　　　　　　　　　　― 입전수수(入廛垂手)의 풀이

　만물萬物은 얼굴을 가지고 있다. 그 얼굴은 새로운 이미지를 가지고 시시각각時時刻刻으로 형체를 완성해간다. 그러므로 그 어떤 존재도 완성된 형상을 확정짓기가 어렵다. 영상매체가 극도로 발달한 오늘날 우리는 끊임없이 미끄러지는 기표의 유희로 자신의 얼굴을 그려볼 수가 없다. 그런 나에게 양원식의 第十時調詩集『수염이 석자』(법연, 2004)는 시적 자아自我의 뚜렷한 초상화를 면밀하게 살필 수 있는 기쁨을 주었다.

　양원식은 오직 외길을 미덥게 걸어왔다. 그는 1981년『시조문학』에 〈가을비가〉와 1982년『월간문학』에 〈어느 들녘에 서서〉로 등단한 이후 11권의 시조시집을 낸 시조시인이자, 부산해동고등학교 교장으로 정년퇴임한 덕망있는 교직자 겸 독실한 불교신자이기도 하다. 그는 칠순을 바라보는 바로 문턱에서 열 번째 시집을 출간했는데, 이 시집은 시조시인으로서 그의 자화상의 완성판으로 보아도 손색이 없다. 왜냐하면 필자의 소견으로 이 시집으로 말미암아 그의 시세계는 '십우도$^{+牛圖}$'에 견주어볼 수 있는 단계로 확장되고 있기 때문이다. 양원식은 1999년에 時調詩選集『늘 고향으로 흐르는 강』(해광)을 간행한 바 있다. 김상훈은 그 책의 서문에서「미래적 자기회귀와 시원에 대한 귀의」란 글을 썼는데, 그 내용은 십우도의 제9화 '반본환원^{返本還源}'에 비유될 수 있는 것이다. 반면 第十時調詩集『수염이 석자』는 마치 제10화 '입전수수^{入廛垂手}'의 세계를 보여주고 있는 듯한 강한 인상을 심어준다. 이 둘의 시 정신을 합하면 양원식은 10권의 시조집을 통하여 '마침내 나를 얻다'라는 도정^{道程}을 어느 정도 성취한 것으로 보인다.

십우도는 '나는 무엇인가?'를 탐색하는 여정을 담고 있는 그림이다. 즉, 참된 자기를 추구하는 선의 실천을 통해서 단계적으로 깊어가는 선 수행자의 향상해 나가는 심경을 열 개의 그림에 의해 상징적으로 묘사한 것이다. 이 그림에는 '소'와 '목동'이 등장한다. 소는 잃어버린 참된 자기를 비유한 것이고, 목동은 그 참된 자기를 찾는 자기를 비유한 것이다. 이것과 관련하여 양원식이 자기를 완성하려는 쉼 없는 단근질을 어떻게 구현^{具現}하고 있는지를 살필 수 있는 좋은 예증^{例證}이 아래의 두 작품이다.

  1) 세상사 푸는 법을
     손색 없이 갖춘 얼굴
     몸이며 눈이며 귀
     되씹는 보법까지
     사는 일
     더듬거리며

상징성을 잃는 뿔

　　　　— <나들이를 잃은 우공(牛公)> 전문

2) 귀 밝은 도량물길
　　무잡이 문접 옥답
　　종자로 누린 세월
　　눈치로 앓는 인심
　　어쩌다
　　석자 수염이
　　못이 되는 애물단지

　　　　— <수염이 석자> 1연

　　위 시조는 인물 혹은 동물의 형상形象을 묘사하고 있다. 그
러나 실제의 모습을 사실적으로 말한다기보다 주관적 정조
가 드러나고 있어 시인의 강조점을 눈여겨 살필 수 있는 중
요한 구절이다. 1)에서 소("牛公")의 두상("얼굴")이 "세상사
푸는 법"을 손색없이 갖추었다고 상찬賞讚한다. 그 순서는
"몸", "눈", "귀", "보법", 그리고 "뿔"로 서술되어 있는데,
특히 소의 걸음걸이와 뿔로 사는 일과 그것을 지연遲延시키는
본래의 상징성을 동시에 환기하고 있다. 결국 소의 형체는 태
어날 때부터 타고 난 '기관器官'이 기능하는 대로 순리대로 사
는 형국形局을 나타낸다고 볼 수 있다. 2)에서 "종자種子로 누린
세월" 동안 자라난 "석자 수염"이 속절없다고 한다. 그러나
종장에 나오는 "못"은 "석자"라는 수식어와 어울려 매우 함
축적인 시어로 쓰이고 있음에 유의하여야 한다. 즉, 단순한
시각적 크기의 못이라기보다 시간적 변화에 의한 무한한 경
험을 아우르는 비유적 표현이다. 따라서 인간적 삶을 담고

있는 못의 무게가 응당 석자로 구체화될 수 있는 것이다.

이상의 내용을 참고하면, 양원식의 시세계는 얼굴(혹은 수염)의 형상과 그것이 본유本有적으로 수반하는 양量적 질료를 모두 포괄하고 있음을 알 수 있다. 형상은 표상에 의해 그 본래의 법칙을 부여하고, 질료는 유동적인 상황에 의해 운동과 변화의 속성을 나타낸다. 그래서 양자가 어울리는 체국體局은 곧바로 세상의 이치를 드러내는 것과 같다고 할 수 있다. 양원식은 『수염이 석자』의 시집 〈서문〉에서 가난과 겨울의 역경에도 불구하고 또 지속持續하기 위하여 찾아온 자연을 노래하는 시절가를 꿈꾸어 왔음을 밝히고 있다. 그렇다면 인생의 사계절四季節을 두루 경험한 양원식이 다시 돌아가려는 시정신은 무엇인지 궁금해지지 않을 수 없다. 그의 이러한 부단한 정신의 지향성을 가장 잘 보여주는 시가 바로 다음에 나오는 〈화두 1〉〈화두 2〉이다.

> 3) 지심정(至心頂)
> 　　청정한 귀의
> 　　향내음에 떠는 고요
> 　　　　　　　　　　　　　　　― <화두 1> 종장
>
> 　　염주알
> 　　화두로 익어
> 　　범종으로 깨는 웃음
> 　　　　　　　　　　　　　　　― <화두 2> 종장

위 시조는 분명 2편의 단시조이지만 내용상 연시조로 보아도 무리가 없을 듯 하다. "화두"는 제목임과 동시에 시인의 궁극적인 정신세계를 지칭한다. 〈화두 1〉의 "귀"와 〈화두 2〉의 "웃음"이 각각의 시조에서 핵심어로 파악이 된다. 문제는 이 둘의 상관관계이다. 왜냐하면 귀는 신체 기관이고, 웃음은 분명 생리 현상이기 때문이다. 양원식은 방법적으로 수양修養을 통하여 귀를 다스림을 알 수 있다. 이 때 유독 그가 오감五感 중에 청각聽覺에 중점을 두는 까닭은 불교의 설법說法과 이순耳順의 그의 나이가 크게 작용한 것 같다. 그는 세속의 귀를 경계하고 내면의 도야를 통하여 평정의 고요에 이른다. 그 때 그는 비로소 웃음을 체현體現한다. 따라서 양원식의 문학의 요체는 첫째, 인체에서 귀의 기능이 어떻게 작용하는가와 둘째, 인생의 행복한 상태 혹은 종교의 해탈의 경지에 웃음이 어떠한 역할을 수행하는가로 좁혀서 생각해볼 수 있다.

우선 양원식의 작품에 자주 등장하는 귀의 표현은 고스란히 듣는 행위 자체가 인간의 태도와 행위 전체를 결정하는 것으로 나타난다. 그는 "나그네 / 길을 놓고서 / 햇살 숲에 귀를 묻어"(〈새둥지 앞에〉)의 숲, 그리고 "하늘로 귀를 열어 / 바람으로 크는 나무"(〈나무에게〉)의 하늘과 같은 자연 심상心象에 의탁하여 '듣는' 내용을 우회迂廻적으로 노래할 때가 많다. 그러나 무엇보다도 그가 귀 기울이는 영역은 삶의 소리이다.

4) 귀울음
귀가 솔다
물타기 하는 소리
낮밤을 골골 갤갤
가슴을 허는 문밖

음칠월
달 밝은 뜰에
귀뚜라미 길을 운다

— <귀울음> 전문

5) 손 들어 보낼 바엔
석양을 비운 풀꽃
갈 사람 보낼 사람
한자리 서는 들녘
바람이
흐르는 적막
귀를 몰래
세운 언덕

— <갈대> 전문

위 시조는 인간의 존재성이 듣는 것에서 이루어지는 성찰
^{省察}적 과정임을 보여주는 좋은 작품들이다. 4)에서 "귀울음"
은 귓병을 나타낸다. 귀찮은 말이나 소리를 너무 들어도 귀
가 아프다. 그러나 시인은 반전^{反轉}을 시도한다. 즉, 시인의
환상은 아픈 귀의 시공간을 불식^{拂拭}하고, 첫 귀뚜라미의 울
음을 듣는 달밤을 상상하게 하는 것이다. 5)에서 색즉시공^色
^{卽是空}의 현상을 체험할 수 있다. "한자리" 공간("들녘"과 "언
덕")을 채우는 존재("풀꽃")는 영원한 시간 앞에서 유한할
수밖에 없다. 그런데 이 경우에도 그러한 이치를 귀의 감각
을 통하여 받아들이고 있다는 점이 특이하다 할 것이다. 이
와 같이 양원식은 주로 귀로 식별할 수 있는 소리 속에서 자
신의 존재성을 깨닫는다. 그리고 그 소리의 의미는 시공간의
확장을 통하여 현실의 해석을 새로운 차원으로 도출하고 있

음을 확인할 수 있다.

베르그송은 웃음의 원인을 "생명적인 것에 덧붙여진 기계적인 것"으로 정의한다. 지구상의 모든 생명체는 생명활동을 유지하는 기관^{器官}을 가지고 있다. 그러나 기관의 '기계적' 활동은 '부분'에 지나지 않는다. 이와는 달리 생명체의 정신활동은 우주와의 교감^{交感}을 갖는 것으로 보아야 한다. 이렇게 볼 때만이 '이성적' 존재의 또 다른 '통찰'이 가능하다. 나는 이 글에서 그러한 특성을 가장 잘 보여주는 감성^{感性} 중의 하나로 웃음을 꼽고 싶다. 이 때의 웃음의 의미는 단순한 생리적 반응을 넘어선 '존재의 심성'을 말한다.

양원식의 웃음은 얼굴에서 나온다. 그러나 그것은 현상 너머의 세계로 나아가고 있다. 그의 웃음은 가상의 '불행'을 발본색원^{拔本塞源}하는 장치이다. 그리고 그는 현재의 '희망'을 본다. 그러므로 그는 '지속의 상' 아래서 삼라만상이 다시 유기적인 관계망을 형성하는 생^生의 환희와 더 나아가 우주적인 자유를 찾게 되는 것이다. 한 마디로 양원식은 존재의 불안을 웃음으로 승화^{昇華}하고 있다.

> 6) 모로 서서 가는 세상
> 걸음을 지는 장길
> 한 우물로 자란 위인(爲人)
> 흑백을 보는 눈이 달라
> 이둠을
> 걷어 낼 햇살
> 가슴 열어 나눌 웃음
>
> — <모로 서서> 전문

7) 대 바람
  청솔 바람
  이 강산 내리 바람
  흐르는 물을 타며
  청풍을 웃는 오리
  하나인
  사실을 놓고
  눈치병을 앓는 의자

  　　　　　　　 ― <청대 바람> 전문

  위 시조로 우리는 '웃음의 힘'을 느낄 수 있다. 희노애락^喜^{怒哀樂}과 영고성쇠^{榮枯盛衰}로 요동치는 삶에는 많은 활력소가 필요하다. 그 와중에 웃음은 일순간에 긴장을 풀어줄 수 있다. 6)에서 인생의 어둠을 걷어 낼 햇살과 웃음을 등치시키고 있다. 석양^{夕陽}에 해는 져도, 동창^{東窓}이 다시 밝기에 가슴 열어 희망을 나눌 수 있는 것이다. 7)에서 "바람"과 "물"의 속성은 한시도 멈출 수 없다. 그러나 그 가변^{可變}하는 상황에도 끄덕 없이 "웃는 오리"이다. 오히려 인간적 사실이 무색하기 짝이 없다. 그렇다면 자연과 인간이 다시 하나로 합쳐지는 또 하나의 세상이 실로 가능할까? 양원식은 그 답으로 "풀 절로 나무 절로 / 바람도 절로 웃어 / 한 탯줄 / 지고 선 강산 / 너도 나도 절로 천지"(<오월은 절로의 달>에서)라고 읊고 있다. 유한한 시간이 모이면 광활한 우주는 "절로" 하나로 통합될 수 있는데, 그것을 양원식은 웃음으로 표출하고 있는 것이다.

  양원식은 자신의 삶을 돌아보면서 "자서전 / 목차 한복판 / 호롱불에 타는 심지"(<화상>에서)라는 구절을 쓰고 있다.

불전에 향은 피는데 말이 없듯이, 그 향의 가장자리에서 그의 시조가 무르익었다. 그러나 통일되지 못한 조국에서 가난한 민초의 아들로 태어난 그가 평생을 초개草芥같이 살아오면서 이루지 못한 여운을 그의 시조에서 "침묵"과 "시절 바람"과 "눈빛" 그리고 "수염"으로 남기고 있는 것도 수긍首肯할 수 있는 일이다.

8) 세월을 / 가꾼 **침묵**이 / 주름으로 영글었네
　　　　　　　　　　— <바위 명(銘)> 종장

시중에 돌고 있는 / 유행성 **시절 바람**
　　　　　　　　　　— <문풍지 달아낼 적에>

세상사 / 삭인 **눈빛**이 / 체념으로 잔인하다
　　　　　　　　　　— <눈 서로 마주한 날>

되씹기 겨울 대낮 / 얼음으로 자란 **수염**
　　　　　　　　　　— <적(寂)>

아무튼 양원석은 그의 말대로 "인생을 제목으로 / 무게를 지는 이름"(<인생이란 제목>에서)의 소명을 명命받았다. 어쩌면 그의 남은 자서전에서도 <삼팔선 유감><달리고 싶은 철마><쇠고삐 길 드린 논밭>과 같은 풍경이 여전히 남아 있게 되는지 알 수 없다. 그러나 그의 얼굴은 항상 웃음을 띠고 있다. 그 웃음으로 그가 이겨낸 세월의 무게가 오늘도 그의 얼굴에 퍼져 있을 것이다. 그리고 나는 그 웃음으로 그의 얼굴에서 깎여 나간 수염 석자의 무게를 가볍게 느낄 수 있었다. (<시조문학> 2007년 봄호)

동심과 정형: 허일의 동시조

I.

현대시조라 하면 우선 고시조와 대립되는 개념으로 하나는 시간적인 관점, 다시 말해 현대인이 현대어로 창작한 작품이어야 하고, 다른 하나는 현대성을 가진 문학성의 관점, 즉 현대인의 사상·감정을 시조란 그릇(장르)에 담아 표현한 작품이라야 한다는 두 가지 선결 조건을 충족시켜야 한다. 전자의 시간적 구분은 한국의 경우 일반적으로 개항과 더불어 개화정책을 펴게 되는 1894년 갑오경장 이후 언문일치 구어체 문장을 쓰기 시작하면서부터 본격적인 의미의 근대문학이 태동하였다고 볼 수 있다. 하지만 역설적이게도 이러한 근대문학의 구축물 안에서 시조의 위상은 끊임없는 찬반논쟁을 불러일으키면서 한국문단에서 '시조부흥운동사'라는 굵직한 흔적을 남기게 된다. 여말^{麗末}부터 시작하여 우리 민족의식의 결정체이자 민족문학의 핵심적 존재였던 시조는 서양 근대에 확립된 매혹적인 신식 문학 양식과 충돌하면서 다행히 그 존폐의 위기를 잘 극복하여 오늘날까지 자랑스럽게도 그 모습을 온전하게 보존하고 있다. 그러나 그 이면에는 문학의 현대성을 결코 손상하지 않기 위해 무수한 근대적 사상과 과제가 요구하는 방향으로 현대시조의 형식과 내용을 혁

신하려는 노력이 고스란히 압축되어 있다고 할 수 있다.

한국현대문학사를 돌이켜볼 때 현대시조 100여 년의 자기혁신은 크게 보아 두 가지 형태의 괄목할만한 질적 변화를 가져왔다. 첫째로는 시조 매체 환경의 획기적인 변화이다. 곧 우리에게는 근대 인쇄술의 발달이 시조시^{時調詩}의 창작적 정착을 가져왔다. 이것은 고시조가 창을 기본으로 하는 시조 음악이 골격이었다면, 근대시조는 문자(특히 한글)로 표현 혹은 기록하는 문학의 한 장르로 뿌리내릴 수밖에 없는 시가 사적인 향방을 결정짓게 하는 중요한 것이었다. 둘째로는 시조 수용의 저변 확대이다. 즉, 근대 교양을 갖춘 개인들의 출현(급성장)으로 근대문학은 여성과 학생 등으로 대변되는 다양한 민중의 지지기반을 형성하게 되었다. 이 말은 고시조가 양반으로 제한된 극히 적은 향수 층에 의존한 반면에 근대시조는 교육으로 문맹을 깨친 교양인의 수에 비례하여 그 수용 층이 오히려 급증할 수 있는 여건을 구비하였음을 의미한다. 이와 같이 근대 문명은 신분상의 평등과 민주적인 교육으로 개인의 인권 신장과 교양의 확대를 가져와서 기층문화와 시민의식의 만족할만한 향상을 가져왔다. 따라서 한국시조단도 근대성에 부합하는 새로운 문학정신이 부상하게 되면서부터 현대시조로 시선을 돌려 점차 그 영향력을 넓혀 온 것도 주지의 사실이다.

현대시조의 현대성은 창작할 때 시조시로서 지속가능한 형식의 모색과 다양한 세대의 참신한 내용을 담아낼 때 비로소 가능한 것이다. 문제는 시조가 정형시이므로 율격을 깨지 않아야 한다는 것이다. 파형은 곧 자유시를 말함이므로 형식의 자유로움을 추구하기보다 완전한 시문장을 구현할 수 있는 새로운 정형을 완비해나가는 것이 바람직할 것으로 보인다. 또한 시조의 원래 명칭이 시절가^{時節歌}에서 유래한 것이고 보면 시대의식 혹은 현재성은 매우 중요한 시조의 내용이 될 수 있다. 그런데 필자가 보기에 현대시조의 시대성은 세대의식에서 선명하게 드러나는 것 같다. 현대시조가 이 세대의식을 잘 체현하고 보전하기 위해 우리 다음 세대인 학생들이 주체가 되어 전통시^{傳統詩}인 시조를 직접 지어보는 어린이시조 혹은 청소년시조와 같은 시조보급운동을 통하여 미래지향적으로 발전하여 나가고 있는 것이다.

II.

이상에서 살펴본 바와 같이 현대시조의 세대의식과 정형성을 가장 잘 구현하고 있는 한 전범으로 허일의 동시조 작품세계를 고찰해보기로 한다. 허일은 그간에 발표한 동시조를 한곳에 모은 동시조선집으로 『나는요 청개구리래요』(1996)[1]와 그 이후에 출간한 본격 동시조집 『메아리가 떠난 마을』(2004)[2]과 같은 두 권의 관련 시집이 있다. 한편 그는 『이 걸음으로 어디까지나』(오은시조집, 1990)[3]와 〈쪽배〉 동

---

1 허일, 『나는요 청개구리래요』, 가람출판사, 1996.
2 허일, 『메아리가 떠난 마을』, 21문학과문화, 2004.
3 김종·전원범·경철·김두원·허일, 『이 걸음으로 어디까지나』, 시간과 공간사, 1990.

인 활동을 통하여 경철, 박경용 등과 교류하면서 우리나라 동시조 운동의 전방에서뿐만 아니라 동시의 장르 전반에 걸쳐서 창작하는 남다른 애정을 보여주고 있다. 엄밀한 의미에서 동시조는 정형동시의 갈래 속에 들어있는 동시의 하위 장르이다. 또한 동시조는 우리의 시가 가운데 독특한 정형을 지닌 3장6구의 형태문학임도 간과할 수 없다. 아동에게 정형은 노래와 놀이의 성격을 부여하므로 흥미유발로 인해 학습의 효과를 배가시킨다. 더욱이 그 율격이 민족의 언어와 정서에 적합한 것이라면 정형동시는 아동에게 확실히 유익한 어린이문학이 된다. 이런 연유로 이구조는 1940년에 〈아동시조의 제창〉이란 글에서 "우리에게 뿌리내리고 있는 율조를 가진 시조형으로 어린이를 지도하여 아동시조를 짓도록 하면 좋겠다."[4]는 주장을 일찍이 펼친 바 있고, 이후 동시조의 현대적 수용은 동시인 혹은 시조시인이 모두 관심을 갖고 학교와 생활 현장에서 실천의 장으로 활용하고 있다.

허일의 동시조를 일단 접하면 누구나 맨 먼저 동심천사주의적 창작태도를 엿볼 수 있다. 아동문학은 동심의 문학이다. 바로 이 동심은 어린이의 속성을 지칭하는 말이자 맑고 깨끗한 것, 순진무구한 것, 아름답고 순수한 것을 일컫는 상징적인 용어이다. 동시조는 동심을 시조로 나타낸 것에 다름 아니므로 허일의 동시조가 동심을 순진무구한 마음으로 간주하여 아동을 선善 그 자체라는 어린이 예찬으로 나아가고 있음도 한편으로는 수긍할 수 있는 일이다. 그와 같은 대표

---

4 이구조, 〈아동시조의 제창〉『동아일보』, 1940. 5. 29.

적인 동시조를 예로 들면 아래와 같다.

1) 방긋 방긋,
   천사들과 웃고 노는 **꿈**을 꾸나 봐

   꿈결에 웃음짓는
   귀여운 요 보조개

   아가야 엄마품에 안겨
   꿈 이야기 좀 해보렴.
   ― <천사의 웃음-외손녀 콩이의 배냇짓 웃음을 보고> 전문

2) 가만히 잠든 아기
   얼굴을 보노라면

   사랑이 하늘만큼
   행복이 이마만큼

   가슴에 넘쳐 흘러요
   샘물처럼 솟아요.

   ― <우리 아기> 중에서

위의 동시조로 미루어 짐작컨대 시인은 평소 동심의 순수
성에 대해 확고부동한 신념을 가지고 있었던 것으로 판단된
다. 1)에서 잠든 아가의 웃는 표정을 보고 아기의 꿈속 세계
가 곧 천사와의 친교의 시간일거라고 상상한다. 환언하면 아
기가 꿈을 통해 천상과 지상을 오고 갈수 있다는 이야기의
맥락 속에는 갓 태어나 백지상태인 아이의 존재성이 어떤 의
미로는 천사와 마찬가지라는 것을 뜻하는 것이기도 하다. 또

한 2)에서 세상의 아이가 사랑과 행복을 가져오는 매개로 각인되고 있음도 관찰할 수 있다. 종합하면 지상에 갓 태어난 아이는 절대순수하다는 것이고, 성인은 아이를 무한히 바라보고 관대하게 이해함으로써 동심의 본질과 특성을 사랑과 행복으로 조망할 수 있음을 나타내고 있다고 할 수 있다.

이와 같이 허일의 동시조에는 어린이의 순수한 영혼을 동심으로 그려내고 있다. 그러나 어린이의 속성은 다시 천진성과 미숙성 두 가지로 구분할 수 있다. 물론 천진성이란 태어난 그대로 조금도 꾸밈이 없는 자연적 상태를 말하고, 미숙성은 인격적인 면이 아니라 생체학적인 면에서 하는 말인데, 어린이는 윤리적으로 유치하며, 신체적으로나 지적으로 미숙하고, 정서적으로 덜 세련되었지만 그 영혼은 순수하다는 것이다. 동심은 결코 유치하거나 미숙한 상태의 정서가 아닌 오히려 우리 인간의 원초적 심성으로서 모든 어른들이 희구해 마지않는 귀중한 심성인데, 이것을 읽어내는 시금석으로 허일은 실제 '눈금'과 '셈'이란 시각적 혹은 산술적 단어를 사용하고 있기조차 하다. 그러면 허일 시인이 어린이의 속성을 가름하는 동심적 진단을 다음의 작품에서 살펴보기로 한다.

3) 이상하다? / **올챙이**가 / 고개 갸웃거립니다 // 엄마 아빠 팔다리로 / 잘도 헤엄 치시는데 // 나는 왜 꼬리만 길까 / 아이 창피해. // 이상하다? / 올챙이가 / 자꾸 갸웃거립니다 // 밤새도록 개굴 개굴 / 잘도 노래 하시는데 // 나는 왜 벙어리일까 / 아이 속상해.
— 〈올챙이〉 전문

4) 나는요 / 엄마가 안아 주시면 / 응석이 부려지고요 // 나는
요 / 엄마가 말 시키시면 / 혀가 꼬부라져요 // 나는요 / 엄
마가 달래 주시면 / 울음보가 터지고요 // 나는요 / 엄마가
재워 주시면 / 잠 투정이 난대요 // 나는요 / 엄마가 나를
보시고 **청개구리**래요.
— <나는요 청개구리래요> 전문

위의 동시조에서 시적 화자는 모두 어린 생명체로 미성숙
한 자아에 대한 존재론적 성찰을 보여주고 있다. 3)에서 성
체가 되기 전 올챙이의 신체적 미숙함을, 그리고 4)에서 엄
마와 아이의 상호적 관계 속에서 보살핌이 필요한 아이의 정
서적 의존성을 지적하고 있다. 전자의 성체로 탈바꿈하기 전
유생幼生의 발달적 단계에 따른 불안과 후자의 '청개구리'로
상징되는 아동 반항의 심리적 이유기에는 그것 둘 다 모두
경험한 어른 세대의 성숙한 이해와 심신의 안정을 유지시켜
주기 위한 특단의 배려가 무엇보다도 필요하다. 그러므로 허
일의 동시조에는 '올챙이' 혹은 '청개구리'로 상징되는 아동
의 미숙한 발달에 대해 그의 특별한 세대적 혹은 동심적 관
심이 투사되어 있음을 목도할 수 있다. 어쩌면 그의 동시조
선집의 제목이 "나는요 **청개구리**래요"라고 정해진 것은 이
때문일 수도 있다.

III.

만약 우리가 어린이의 본성을 곧 자연적인 상태와 같은 것

으로 받아들인다면 이것은 무엇을 의미하는 것일까? 영어로 자연(nature)이라는 단어는 '일반적인 피조세계'를 뜻하기도 하고 때로는 '인간의 본성'이나 '인간이 지닌 능력(성격)'을 나타내기도 하는데, 가끔은 '아직 타락하지 않은 하나님이 창조하신 원상태'를 자연적(natural)이라고 표현하기도 한다. 이 경우에는 타락한 현재의 인간과 피조세계가 오히려 자연적이지 못한 것이 된다. 어린이는 시간적으로 탄생에 가까우므로 사망에 더 근접해있는 성인과 처한 상황이 같을 수가 없다. 이것은 아마도 어린이가 출생으로 세상을 새롭게 경험하는 것과 마찬가지로 기성세대가 경쟁과 모순의 벼랑에서 탈출구로 다시 시원으로 회귀하고픈 심적 상태이거나 아니면 죽음 너머의 낙원을 기원하는 종교지향적인 열망에서 비롯된 것인지도 모른다. 우리의 관심을 끄는 허일은 동심을 떠난 현존재적 상황을 적출하고 허수아비라는 동연개념同延槪念을 상징화하여 연작 시조를 계속 써오고 있는 것에 주목해볼 수 있다. 시인은 자연현상을 스케치하는 시상詩想 중에 무의식적으로 동심에 대한 동경을 담고 있다고 볼 수 있는데 그와 같은 작품세계를 보여주고 있는 동시조의 예를 두엇 들면 아래와 같다.

5) 무지개다!
  저 산 좀 봐!
  다들 거기 숨어 있었구나.

  파란 하늘
  저 흰 구름

모두 거기 있었구나.

오늘은
달이 둥실 뜨겠네
별이 총총 돋겠네.
　　　　　— <허수아비-한 소나기 긋고 간 뒤에> 전문

6) -파란 마음
　　하얀 마음-
　　가만히 불러본다.

고추잠자리 따라
어디론가 가고팠던

그날의 나로 돌아가
어린이로 돌아가.
　　　　　— <어린이로 돌아가> 전문

　위의 동시조는 모두 동심을 동경하는 내면의 풍경을 드러내고 있다는 점에서 매우 닮아있다. 5)에서 자연의 풍광은 기실 시인의 내면 세계의 무의식적인 발견에 지나지 않는다. 시인에게 동심이 없는 사람은 심장이 없는 허수아비와 다를 바가 없다. 그러므로 시인은 허수아비가 되어 한바탕 소나기가 쏟아지고 난 다음 원래대로 돌아온 자연을 보고 한순간에 잃어버린 기억을 다시 회복하는 것을 간접적으로 묘사하고 있는 것이다. 반면에 6)에서 인간 근원의 마음인 동심으로 돌아가고픈 간절한 심정을 직접적으로 토로하고 있다. 다른 한편에서는 5)의 "파란 하늘 / 저 흰 구름"과 같은 자연의 풍경들이 6)에서 "-파란 마음 / 하얀 마음-"과 같은 색체의 심상으로 등치되어 표현되어 있음을 관찰할 수 있다. 그리고 5)의 '오늘'과 6)의 '그날'의 대조어에서 짐작할 수 있듯이 현재의 시점에서 '무지개'를 보고 평상을 회복하는 것과, 그 평온의 기억 속에서 '고추잠자리'를 따라 오늘에 이르기까지의 과거를 동심으로 보고 '어린이'로 돌아가고픈 동경의 마음이 합일하고 있다는 점에서 두 작품의 연관성을 확인할 수 있다.

존재의 전환은 일상에서 일어나는 모든 현상들이 부지불식간에 형통하는 계기로 작용하여 일어날 수 있다. 생명은 탄생과 동시에 현상적으로 직면하게 되는 생로병사를 피할 수 없는데, 시간의 흐름이 꼭 직선은 아니라 하더라도 한번 시위를 떠난 화살이 멈추기까지의 생의 과정은 연속적이어서 잠시 멈출 수도 없고, 그 전 과정을 다시 재현할 수도 없다. 반면 인간은 언어를 가졌고, 사고와 역사를 통하여 반추하는 지성을 겸비하고 있어서 오늘날까지 인류문명을 지속적으로 발전시켜왔다. 하여 인간은 자아를 응시하는 관조 혹은 반성을 통하여 궁극적으로는 성찰의 깊이와 넓이를 확대해나가는 이성적 존재인지도 모른다. 이러한 관점에서 인생을 전망해볼 때 시작始作은 그 경계가 분명하지만 그 끝을 항상 가름하기가 어려운 법인데, 동심의 발견은 개인의 주관적 체험을 승화하여 삶의 질을 향상할 수 있는 중대한 분기점이 될 수 있다. 특히 허일의 동시조에서 깨달음을 체현하는 시적 계기로는 주로 '불침'과 '소나기'와 같은 장면이 주로 등장하는데 그 계시의 순간을 다음의 작품에서 찾아보기로 한다.

7) 무슨 생각
저리도 골똘히 하는 걸까?

손등에 턱을 괴고
지긋이 눈 감았다

불침을 한 대 놓을까보다
번쩍!
눈이 뜨이게.
— <불침-로댕의 '생각하는 사람'> 전문

8) 뚝! 그쳤다
소나기
눈 앞이 탁 트인다

몸살 앓은 산을 끼고
강도 진저리치더니…

이제는
별이 맘 놓고
멱 감으러 오겠네.
— <소나기> 전문

위의 시조에서 시적 화자는 관찰자가 되어 상황적 추론을
거쳐 성찰적 결론에 도달한다는 점에서 공통점이 있다. 7)은
로댕의 살아서 생각에 몰입하고 있는 것만 같은 좌상을 보고
불현듯 불침을 놓고 싶은 충동을 느낀다는 것이고, 8)은 소

나기가 그쳐 날이 개이자 별이 보인다는 내용으로 그저 평범한 이야기로밖에 보이지 않는다. 그러나 두 시조의 핵심 내용인 "눈이 뜨이"고, "눈 앞이 탁 트인다"는 것은 단순이 행동과 상황만을 묘사한 것이 아닌 그 이상의 묵시적 계시가 담겨져 있다. 즉, 시인은 전자에서 최소한 주의를 끌어 생각을 멈추게 한다거나 아니면 그렇게 얻고자 하는 화두를 깨치도록 도움을 주었을 지 알 수 없는 일이고, 후자에서 축어적으로 보이지 않던 시계視界가 드러났다는 뜻이지만, 비유적으로 가로막고 있는 장벽이 헐려서 앞일이 순순히 풀리는 것을 의미할 수도 있다. 전자의 '불침'은 우매한 인간을 깨우치게 하는 방법으로, 그리고 후자의 '소나기'는 자연의 현상을 비유적으로 해석하는 독법으로 읽어낸다면 분명 동심적 존재의 상승적 변환도 가능할 것이 틀림없다.

IV.

세상에 동심을 전파해야 하는 동시인의 사명은 무엇인가? 그리고 한국적 상황에서 민족적인 정형시로 동심을 전달하기 위해서는 어떠한 시조시인의 자세가 필요할까? 이와 같은 나의 평소의 의문에 대한 허일 시인의 목소리는 실로 분명한 답을 가지고 있었다. 허일은 그의 동시조 <산울림>에서 "오늘도 / 들릴까 내 목소리 / **산울림** 띄운다."라는 시구詩句로 자신의 소명을 받아들이고 있음을 천명闡明하고 있었다. 무엇보다도 동시인은 생명의 소리를 소박하고 진솔한 동시어로 전달할 수 있어야 한다. 허일의 작품에는 존재의 소리와 모습을 직관적으로 파악한 의성어와 의태어를 그대로 사용하여 표현하고, 대화체와 영탄법 그리고 반복법을 즐겨 활용하여 동심을 생생하게 전달하고 있음을 알 수 있다. 또한 소리로서의 정형은 그의 시혼^{詩魂}이 담겨있는 목소리를 실어 나르는데 안성맞춤이고, 그 울림이 반사되어 들려 오는듯한 정다움이 있어 마치 대화를 직접 나누는 것만 같다. 그러면 허일 시인의 목소리가 심혼^{心魂}을 어떻게 전달하는지를 아래의 동시조를 예로 하여 살펴보기로 하자.

9) 하늘도
　한껏 울면
　속 후련해 지나보다

　별밭 가로지르는
　맑은 저 흐름소리

　난 언제
　가슴 풀리게
　목을 놓아보느냐.
　　　　　　　　　　　　　ㅡ <허수아비-밤소나기> 전문

10) 얄호오 / 손나팔 입에 대고 소리치면 / 얄호오~얄호오~~얄호오~~얄호오~~ // 산들이 날 에워싸고 / **메아리**로 대답한다. // 얄호오 / 넘실 넘실 파도치는 산줄기들 // 얄호오~~얄호오~~얄호오~~ // 일제히 **나를** 향하여 / 메아리치며 달려온다.
　　　　　　　　　　　　　ㅡ <메아리> 전문

위의 동시조는 정형을 고수하고 있지만 시문詩文이 정확하고 아름다워서 누구나 읽고 듣는데 아무런 어려움을 느낄 수 없다. 이와 같이 시조의 율격은 올바로 이해한다면 우리말과 글의 문장구조와 일치함을 알 수 있다. 9)에서 "가슴 풀리게 / 목을 놓"는다는 것은 단지 직설적 의미전달만으로는 시인의 역할을 다하지 못한 것이라는 질타가 섞여 있다. 그래서 시인은 풍경소리의 심상을 공감각으로 표현할 뿐만 아니라, 자신의 이야기를 시조의 율격에 담아 창('목')으로 불러보기를 희구하는 것이다. 한편 10)에서 '메아리'는 내 목소리의 반향反響이다. 즉, 시인은 산과 소통하기를 원하는데 "메아리 치며 달려온다"는 것은 기실 내 마음의 꾸밈없는 독백(고백)을 듣는 것으로 볼 수 있다. 정리하면 시인은 자신의 존재성에 대한 목소리를 들려주어야 하고, 또한 시인 자신도 영혼에 대한 반향을 들을 수 있어야 한다는 당위론적인 책무를 스스로 명백히 하고 있음을 살필 수 있다.

마지막으로 허일은 동시 · 동요 · 동시조 등의 형식을 두루 다루면서 동심으로의 회귀의 중요함을 오래도록 실천해 오고 있다. 동심은 세월을 타도 결코 마모되지 않는다. 나의 유년시절은 내가 장성하면 아들의 유년시절과 만나게 되고, 그리고 아들이 성장하면 손자의 유년시절과 겹쳐지게 되어 끝없이 되풀이 된다. 한 예를 들면 삼대三代의 발달 단계의 교집합은 상징적으로 동심인 것이다. 그런데도 불구하고 가부장적 질서 속에서는 공동감정인 동심을 와해시키는 문화가 절대적이다. 허일의 경우 가족에 관한 동시조가 많이 나오는데 특이하게도 시적 화자는 모두 동심적 인물로 형상화되어 있음을 쉽게 관찰할 수 있다. 작품의 군데군데 가족관계를 확인할 수 있는 메모가 있기는 하지만 이것은 그리 중요하지 않다. 왜냐하면 그의 경우 시적 화자의 동심은 손주와 자녀의 것이면서 동시에 자신의 것이기 때문이다. 바로 이와 같은 동심의 발원이야말로 세월을 거슬러 올라가 회귀하는 그의 시적 모티프로 작용하는 것인데 아래의 <연어>는 그와 같은 특징을 가장 잘 보여주는 대표적인 작품에 속한다고 할 수 있다.

> 11) 와아 연어다! / 연어떼가 몰려온다! // 저기, 파도를 일으키며 / 곧장 밀고 온다 // 어려서 **고향**을 떠나 / **어미** 되어 돌아온다. // 정말일까? / 한 바퀴 지구를 돌아 오는 거 // 신나는 **모험** 이야기 / 끝도 없이 많을 거야 // 그래도 아프고 외로울 땐 / 고향 생각 났을 거야.
>
> — <연어> 전문

위의 동시조에서 회귀성 어종인 연어의 귀천을 서사적으로 읊고 있다. 시인은 첫 번째 종장에서 귀천을 "어려서 **고향**을 떠나 / **어미** 되어 돌아온다."라는 한 문장으로 간결하게 묘사라고 있다. 즉, 연어의 귀천은 일종의 통과의례와 같은 것이다. 그런데 두 번째 종장에서 "그래도 아프고 외로울 땐 / 고향 생각 났을 거야."라는 진술을 통해 귀천의 이유를 오로지 시인의 감정을 이입하여 설명하고 있다. 다시 말해 시인은 고향이야말로 영원히 변치 않는 본향本鄕임을 역설적으로 표현하고 있는 것이다. 연어의 회귀는 죽음을 통해 또 다른 생명을 잉태하게 하는 자연의 영원한 본능일 수 있다. 마찬가지로 시인에게서도 동심으로의 회귀는 영원의 갈망과 같은 것이다. 어찌 인생이 유한한데 '신나는 모험 이야기'가 끝도 없이 펼쳐질 수 있겠는가? 하지만 아마도 허일 시인은 시심을 동심으로 돌려 불멸의 시혼을 일깨우고 있는지 모르겠다. (〈시조문학〉 2007년 가을호)

風霜 속의 得音 : '靑綠色' 문학을 위하여

시조^{時調}는 우리의 정신문화에서 전승문학^{傳承文學}으로 지금
까지 중단되지 않고 있는 한국 고유의 시문학이다. 물론 시
조는 '3장6구'의 형식과 운율이 중요하다. 현대 시조에 와서
그 형식이 다소 누그러지고 있는 것도 사실이다. 그러나 시
조의 새로운 가능성은 필자가 생각하기에 딴 데 있다. 우선
그 명칭부터 살펴보면 '時'란 '사람이 난 시각'이요, '調'는
'품격을 높고 깨끗하게 가지려는 행동'의 의미를 일면 담고
있다. 그러므로 시조는 시대에 대한 '반성^{反省}', '자성^{自省}', 그
리고 '성찰^{省察}'의 문학으로 보아도 무리가 없을 것이다. 다음
으로 시조의 '율격'을 연구해보면 이들 형식이 단순한 시어
를 가다듬는 리듬 혹은 운율이라기보다 하나의 온전한 문장
을 완성하기 위한 장치라는 것을 쉽게 알 수 있다.[1] 이것을
종합해보면 시조는 '시대정신 혹은 그 시대에 대한 성찰을
완전한 문장으로 담아내는 문학'이라는 정도의 새로운 정의
를 내려볼 수 있다. 그럼에도 불구하고 현대시조에서 많은
사람들이 전통 율격을 훼손한다든지, 또는 저속한 주제의식
을 드러낸다든지 하는 것은 시조에 대한 잘못된 이해에서 비
롯된 것임을 분명하게 알 수 있다.[2]

---

1 이 문제에 관해서는 필자가 별도로 '한국 정형시의 문장 연구'를 준비
   중에 있다.
2 실제로 상당수의 시조작품들이 문장의 결함을 지니고 있는 것으로 발

여기서 소개하려는 『소리말꽃』은 나의 네 번째 생태시집이다. 사실 내가 '생태시인'인지에 대해서는 자신이 없다. 그러나 분명한 것은 환경활동가로 적을 올리고 난 다음 그나마 문학활동을 전개해왔다는 것이다. 특히 이번에 출간하는 『소리말꽃』은 장르상 청소년시조집을 염두에 둔 것이어서 이전의 작품과 또렷한 경계를 이루는 것이기도 하다. 나는 녹색문학과 청소년문학의 성격을 동시에 지니는 이것을 '청녹색' 문학이라 이름 붙였다. 나는 아직 귀농^{歸農}하고 있지 않지만 자원봉사자로 일하며 또는 대안학교 강사로 그 꿈에 다가서고 있다. 그러므로 나의 시들은 '친자연'으로의 '회귀' 과정을 드러내는 특성을 지닌다고 말 할 수 있을 것이다.

필자가 '소리말'과 다시 '꽃'을 합성하여 제목을 붙인 연유는 단순한데서 찾을 수 있다. '소리'는 본래는 아무런 의미를 담지 않은 것이다. 그러나 '자연'은 그 본연의 속성과 기능을 갖고 있다. 세월이 지남에 따라 지상의 생물들은 생태계에서 그 속성들을 자연스럽게 깨달아 생명 활동을 하고 있었던 것이다. 그러므로 '소리말'은 자의적으로 해석하는 의미가 아니라 시간을 두고 생활하는 가운데 저절로 와 닿는 관습의 말을 나타낸다. 그리고 이와 같은 생활의 현현^{顯現}을 '꽃'으로 상징화한 것이다. 그러면 그 예를 실제로 들어본다.

> 1) 한 해를 들여다보면
>   해 속에 차오는 얼굴

견된다. 향후 이들 작품에 대한 심도 있는 연구가 있어야 할 것이다.

오방색 젖은 빛깔
흐르는 대로
소리말꽃 피다가

세모에
넘쳐난 흥폐(興廢)
담으려다
쏟는다
        — <핏빛 한 해-두 소녀를 애도하며> 중에서

2) 아장아장 걷는 아가 엄마 찾는 소리에
    엄마가 다가와
    옷 내리고 쉬하자

    고 고추 물 내리는 일
    말소리 만나 끝났다
            — <소리말> 중에서

위의 대목들은 직·간접적으로 '소리말'을 언급하고 있다. 1)에서 세모에 세월 속의 삶을 이야기하고 있다. 태양은 빛과 어둠을 분명하게 가려주며 한 해를 운영하지만, 그러나 인간사는 그렇지 못하다. 세상의 모진 풍파가 기다리고 있는 것이다. 그러므로 새해의 소망을 '시심(소리말꽃)'에 담을 수밖에 없다. 2)에서 인간의 관습으로 의성어와 의태어가 '언어화'하는 내용을 보여주고 있다. 엄마의 '쉬'하는 소리에 아이는 오줌을 눈다. 가장 기본적인 의사소통이 '말'이 아닌 '소리'로 이루어지고 있음을 나타내고 있는 장면이다. 그러나 이러한 행동은 세월을 뛰어넘어 인습因襲으로 되풀이되고 있다. 이를 엮어보면, 자연 현상의 '소리'와 풍속의 '말'과의 상관성을 발견할 수 있다. 즉, 생활과 풍습 그리고 언어와 정서의 분리할 수 없는 연관성을 발견할 수 있는 것이다.

먼저 **자연 현상**은 시공간의 존재자로 그 형태를 드러내고 있다. 글의 소재들인 풀과 나무들, 곤충들, 동물들은 모두 유한한 생명체들이다. 그러나 이것들은 종으로 번식하여 늘 그 자리에 머무는 것들이다. 그것들은 자라나서, 소리지르며 존재를 드러내고 그리고 현재에도 활동하고 있다. 그러므로 생명활동은 멈춘 듯한 시간 '안'에서 존재하고, 또한 흘러가는 시간 속에서 모습을 바꿔 지속하는 것이다. 아래의 작품들은 시간과 생명활동의 바로 그러한 속성을 잘 보여준다.

1) 겨울 강물에
　뜬 새가
　다도해^{多島海} 섬이다

　흘러가는
　강물이
　멈추어
　얼면서

　눈감은
　새들이 모여
　돌이 되어
　놓였다

　봄 하늘 나는 새는
　갈 지^之자 먹물이다

긴 붓이
휘어지며
물 향을
남겨도

등대의
불빛만 끌면서
앞으로만
나아간다

      ― <물새> 전문

2) 흐르는 강물 속에
  치어들 물에 떴다

  울렁거려 너울너울 넘어오는 물결 타고
  숨 몰아 꼬리 치며 째깍째깍 나간다

  숲 속에 새들이 입을 열어 속삭이는
  소리 속 부는 바람에 꽃씨들 날려간다

  둥지에 어미를 부르는
  새끼얼굴 푸르다

      ― <푸른 시계> 전문

  위의 시조에서 겨울에서 봄으로 계절이 바뀌고, 강과 숲으로 공간이 이동해도 분명한 것은 시간이 변함 없이 흐르고 있다. 1)에서 "겨울"의 정적인 시간과 "봄"의 동적인 시간을 대조시키면서 철새의 '다른' 생명활동을 보여주고 있다. 2)에서 "강"과 "숲"의 또 다른 공간 생물에도 시간은 똑같이 흘러가는 현상임을 보여준다. 이를 종합하면 우주의 시간은 물리적 현상임이 틀림없지만, 생명체들은 개체 내에서 시간을 체험하며 생명 현상을 이어감을 말해주고 있는 것이다. 다시 말해 생명 현상은 '개체'로서의 특별한 시간 체험과 '종'으로서 겪는 유전적인 시간을 대물림하는 것이다.

다음으로 인간의 **생활**을 '가족 관계'로 구체화하여 보여주고 있다. 현대에 와서 핵가족화 현상은 그 어느 때보다 가족의 위기와 공동체성의 상실을 조장하여 왔다. 따라서 가족 관계가 갖는 탄력성을 회복하는 것은 어찌 보면 종의 보존을 넘어서서 인간성 상실을 치유하는 촉매로 작용할 수 있는 것이다. 이러한 작품들로는 조부모를 더듬어 기억해내는 〈할미꽃〉〈울할매 나들이〉〈허수아비 하루해〉와 어머니와 누이를 정감적으로 나타낸 〈모자상〉〈봉숭아물〉〈채송화〉, 그리고 '관계성'에 초점을 둔 〈삼대〉〈아기소〉〈칠석 오작교〉〈하얀 등대〉와 '시대성'을 앞세워 묘사한 〈사오정〉〈무정란〉〈매작도〉〈핏빛 한해〉 등이 있다. 그 예를 직접 들어보면 다음과 같다.

1) 등 목이 휜 할머니
　아랫목에 앉았다

　따뜻한 햇살주름 아지랑이 만들어
　무덤이 침묵 되어 기대려다 잠든다

　새가 된 할아버지 기다리다 누웠는데
　가슴 속 그리움이 꽃으로 피어나서

사월은 할머니 머리칼
꽃잎처럼 날린다

　　　　　　　　— <할미꽃> 전문

2) 사십에 놓은 직장
얼음살 불렀다

귀밑의 머리칼이 얼고 얼어 하얘지고
뼈에로 웃음 짓지만 코가 홍홍 빨갰다

오십에 찾은 직장
주름살 늘렸다

발바닥 그림자가 붙을 새 없어서
아빠는 하품하고도 힘찬 걸음 뛰었다

　　　　　　　　— <사오정> 전문

　위의 대목들은 한결같은 '가족의 이야기'들이다. 가족이
겪은 일화를 소재로 인간사의 '관계성'과 '시대성'에 주목하
여 사실성을 추구하고 있음을 쉽게 느낄 수 있다. 1)에서 '왕
부모'의 기억을 들춰내어 현재와 연결하고 있다. 엄밀한 의
미에서 현재는 과거의 '기억'과 미래의 '전망'이 함께 동시
에 공존한다고 볼 수 있다. 그러므로 과거의 흔적들이 미래
의 나의 자화상이기도 한 것이다. 2)에서 현실이 고통으로
드러남을 볼 수 있다. 이것을 통해 우리 다음 세대에 물려주
는 시간은 단순히 있는 사실을 이어주는 것이 아닌 체험적이
고, 전승적인 것임을 알 수 있다. 그러나 시간의 주체는 '몸'
혹은 '생명'이기에 이러한 현실을 감당하는 것은 숨가쁘다.

이와 같은 현대를 살아가면서 직면하게 되는 소외현상은 전통 사회의 소중함을 일깨우는 각성의 계기로 받아들여도 좋을 것이다.

인간의 문명은 인간이 자연의 일부라는 것을 망각하면서 자연에서 분리되어지는 단계를 점증적으로 밟아왔다. 그러나 과연 인간이 자연과 완전히 동떨어져 생활이 가능한지에 대해서는 회의적이다. 오늘날 동·서양을 막론하고 '근대화'와 '도시화'의 급속한 변화를 거쳐왔지만, 고도의 기술과학 문명은 왠지 모르게 생명 그 자체의 위기를 고조시키고 있다. 우리가 잃어버린 일상 속에는 어쩌면 생명 활동을 지속 가능하게 해온 자연적인 본성까지도 포함되어 있을지 알 수 없는 일이다. 따라서 문명화 과정에서 민속의 변천을 추적하여 건강한 일상을 회복하는 일은 생태적 원형을 복원하기 위해서 매우 중요한 일일 것이다. 아래의 작품은 바로 그러한 실례를 보여주는 것이다.

1) 기와집 문틈으로 그림자가 꾸불대며
   더듬이 방망이질로 소리내어 집 지킨다

   구김살 펴질 때까지
   반드럽게 두들긴다

   여인의 수심이 진 맥박소리 또닥이면
   멍든 빛 푸른 소리 반딧불로 날아가고

   달 가는 발자국소리도

산 넘어서 흩어졌다
— <다듬이소리> 전문

2) 앞마당
  바위 위에 앉아
  지친 몸 말리다

  꼬리 내려
  익던 고추
  빨
  개
  서
  물 떨어진다

  여인의
  치맛자락소리에
  흠짓 놀라
  날
  았
  다
— <고추잠자리> 전문

위에 나오는 시조들은 현재 우리의 삶이 처한 입장과 일상을 되돌아보게 한다. 인간은 '편리'를 기준으로 문명과 야만을 구분 지어 그들의 습속을 바꿔왔다. 1)에서 서구화 혹은 도시화로 사라진 민속의 전통을 엿볼 수 있다. 과거의 전근대적인 요소들로 여인들의 삶이 고된 것이었음은 틀림없다. 그러나 민속적 풍습이 사라진 지금 우리의 뿌리와 혼은 어디에서도 찾아보기 힘들어졌다. 2)에서 일상적인 삶을 엿볼 수 있다. 여기서 일상은 날마다 되풀이되는 도시적인 것이 아니어서 매우 역동적으로 작용하고 있다. 바로 이러한 시간이 모여서 삶이 구체화되고, 인간의 역사가 끊임없이 이어졌던 것이다. 이 밖의 작품의 예로는 전자의 민속풍에 속하는 〈개구리 연적〉〈죽부인〉〈장독대〉 등과 후자와 같이 순환하는 자연적 시간과 일상을 보여주는 〈나무의 사계〉〈닻〉〈산소녀〉 등을 들 수 있다.

마지막으로 '시대에 대한 자아성찰'을 문장에 담아내는 문학형식, 즉 생태시로서 시조의 가능성을 탐색해보기로 한다. 전통적으로 우리 민족은 자연과 밀접한 관계를 가져왔다. 시조는 본래 운율에 의해 형성되었는데, 이 운율은 바로 인간의 생활 감정이나 자연발생적인 신체적 리듬과 관계가 깊다. 필자가 생각하기에 그것은 민족의 언어 그리고 정서와 밀접한 관련을 지니고 있는 것이다. 그러나 전통 시조가 자연의 조화로운 질서를 노래해왔다면, 현대 시조는 파괴된 생태계의 현상을 직시할 수밖에 없다. 하지만 생태주의 시조는 전통성을 계승한다는 연장선상에서 자연과 생태주의 사상을 천착하여 생태적 합리성·감성·영성을 제고할 수 있어야 할 것이다.

이와 더불어 필자는 아동의 '동심'과 청년의 '감성'이 생태적이라 추가하여 본 것이다. 필자가 '초록아이'나 '녹색청소년'을 위한 문학을 '청녹색' 문학이라 지칭한 것은 '환경교육 확산'[3]을 위한 외침에 불과하다. 그러나 루소는 인위적

---

3 필자는 실제로 '학교 환경교육 확산'을 위한 검토위원, 자문위원 혹은 토론자로 지정되어 이와 같은 내용을 주장해오고 있다.

인 산물인 문명과 사회상태를 '악'으로 설정하고 그 대안으로 자연의 산물인 '선'을 요청한 바 있다. 나는 지금 정중히 이 요청을 받아들이고 있다. 그러므로 나의 모든 '문제틀'은 '청녹색' 문학으로 귀결되는 것이다. (『소리말꽃』 발문)

시간을 곱하고 시를 나누라

지은이 이병용

인쇄일 초판1쇄 2009년 4월 1일
발행일 초판1쇄 2009년 4월 6일
펴낸이 정구형
총괄 박지연
편집 강정수 이원석
디자인 김숙희 선승희
마케팅 정찬용
관리 한미애 이은미
펴낸곳 새미

등록일 2005 03 15 제17-423호
서울시 강동구 성내동 447-11 현영빌딩 2층
Tel 442-4623 Fax 442-4625
www.kookhak.co.kr
kookhak2001@hanmail.net

ISBN 978-89-5628-305-0 *93800
가격 12,000원

* 저자와의 협의하에 인지는 생략합니다.
새미는 **국학자료원**의 자회사입니다.
잘못된 책은 구입하신 곳에서 교환하여 드립니다.